いつも風を感じて

島田紳助
SHIMADA SHINSUKE

KTC中央出版

いつも風を感じて

島田紳助

はじめに

ぼくはときどき、エッセイを書きます。

もともと、漫才をやっていた頃から、ネタとか、思いついた言葉とか、やるべきことととか、計画とか、ノートをつけるくせがありました。

それに、今は、人前で長い話というのをする機会があまりないのです。テレビの仕事ばかりやっていると、ほんの数十秒で、話のオチをつけて、笑ってもらわないといけません。いかに短くしゃべるかが勝負です。昔はラジオをやっていて、長い話とか、ちょっとしたいい話をする機会もあったのですが、今はその代わりに、本を出そうと思うのです。

今回のタイトルは「いつも風を感じて」にしました。

風。

ぼくが、生まれて初めて風向きを考えたり、風を感じたりしたのは、プロペラの模型飛行機を組み立てたときだったと思います。

当時、昭和三十年代の終わりかな……。千歳飴みたいな紙袋に、バルサという剃刀でも切れるようなポコポコの木の棒や、竹ひご、薄い紙などが入っていて、それを組み立てるのです。

いくつか種類がありました。スーパーアローとか、そんな名前がついていました。ゴムをくるくる巻いて、それが元に戻る反動でプロペラが回り、飛ぶ仕組みです。うまくできたとき、よく飛ぶ飛行機になったときの喜びは、格別でした。

ぼくらはその飛行機をもって、家の前にある西寺《さいじ》公園のコンド山に登りました。公園は案外広かったのですが、コンド山は、たかが四メートルくらいの高さでしょうか。でもそこは、下に遺跡が詰まっているので、掘り起こすことはできないのです。やんちゃで、たいがいの悪さはしていたぼくらも、そこを掘ることだけはしませんでした。そういうことが、わかっていた世の中だったような気がします。やんちゃなクソガキのぼくらでも、してはいけないことは、わかっていたのです。いい時代やったな、と思います。

ぼくらは、その山のおかげで、模型の飛行機を飛ばすことができました。

ぼくは、そのとき、風というものを知りました。

飛行機がうまくできても、風がダメなら、飛ばないこともあります。

たとえ、うまくできて、風もよくて、ぐんぐん飛んでいっても、どこかの家の屋根に乗っかって、飛行機自体を失ってしまうことだってあるのです。

でもそれを、風のせいだけにしてはいけません。

飛行機が飛ぶためには、まずいい飛行機を作る努力です。そして、風を知り、風を考えなくてはいけません。

風を知り、風を考える……。いえ、ちがいます。風を感じるのです。生きていくのに、いちばん大切なのは風なのです。風とはロマンチックな言葉に聞こえるかもしれませんが、生きていくうえでは、風がすべてなのです。

風は目には見えません。でも、肌で感じることができます。

時代の流れのなかに、必ず風が吹いています。その風をどう感じることができるか。

複数の人間といるときの空間に吹く風、一対一で会話しているときの風、それを感じる感性こそが、幸せへの大切な一歩だと思います。

夏、参議院選挙の応援で、難波駅前の三千人の観衆のなかで、はじめて街宣車の上に立ちマイクを持ったとき、鳥肌が立ち、激しい緊張のなかで、これまで出合ったこともない風を感じました。そして、その風に乗るように、ぼくはゆっくり話しはじめました。
話す内容は前もって決めていても、話し方はその瞬間に決めます。子どもの頃、コンドル山の上から、模型飛行機をそっと大空へ放ったときのように。

だからぼくは、今度の本のタイトルを、こんなふうにつけたのです。

ぼくは静かに語りたかったんです。
まるでこれを読んでくださるあなた一人に、語りかけるような気持ちで。
……ちょっと懐かしいとか、もう一度会いたいとか。
そんな気持ちを、これを読んだみなさんが思い出してくださったら、幸いです。

島田紳助

二〇〇四年　秋
人生も、そろそろ秋かな

いつも風を感じて●目次

第1章　昔、恋をしていた

ある日、自転車をこいで会いに行った

久しぶりに実家に帰った。

京都の、下町だ。

成人した男はほとんど誰でもそうだと思うけど、じいっと実家にいるのは、こそばい。ぼくは嫁ももらい、三人の娘の親で、タレントとして成功して、ほかのビジネスにも手を出したりして……。そういうこととはまったく関係なく、親が、いつまでも自分のことを子どもやと思っているのが、わかるからかもしれない。

「……ちょっと出てくるわ」

昔のまんまの自転車はもうないが、中途半端なママチャリが転がっているのを見つけたぼくは、それにまたがって、近所をぶらっと回ることにした。目的なんかなく、ぶらっと回る。だが、ぼくは、新しい自転車に乗っていた中学生の頃

のぼくに、一こぎごとに戻っていった。

風景はおそろしい。

建物は建て直され、道路は広げられ、何べんも無駄に舗装されてきたにちがいない。そのことは、受け入れられる。

きっとぼくも、変わってしまっているのだ。かりかりにやせていた顔に肉がつき、髪には白いものが混じり始め、声はまるくなり……。でも、そのことを受け入れつつも、自転車を一こぎするたびに、ぼくは中学生だったぼくに戻っていく。

中途半端なリーゼントで、ヤンキーしていた頃の、でももっと純粋だったぼくに。


まず仲がよかった男の友だちの家に行こう、と思った。

確か、この先を曲がったらエエはずや……。ほんで……。いや、違うな。

たどり着けない。なんでや。景色ははっきり、残っている。でも、たどり着く道がわからない。

細かく道までは覚えてないもんやなあ……。この辺、よう来たんやけどな。

軽い失望と、あきらめと、そういうマイナスの感情をぼんやり包み込んでいる懐かしさと。

そういう気持ちのなかから、ぼくはだんだん出られなくなる。

それで、中学一年生のときに付き合ってた女の子の家に行ってみようと思い立った。その娘《こ》とは、ただ、毎日、学校から帰った夕方に、その娘の家の前で、しゃべっていただけだった。それが恋だった。

ぼくは、必死に、そのときにしか見られない夢を語っていたんだと思う。夢を見る、その行為は同じでも、その夢は、もう見られない夢だ。

彼女は何をしゃべってたか。覚えてない。でも、ぼくの話を聴いてくれていた、静かな笑顔を覚えている。恥ずかしそうな笑顔。

ぼくらは、恥ずかしかった。

……その家に行ってみようとも思った。でも、家のイメージははっきりあるけれど、そこへ行く道がわからない。

豆腐屋を、見つけた。

そこは、ぼくの同級生の親元だった。同級生は死に、その弟が継いだようだった。

その弟の嫁さんがいた。ずいぶん前に、会ったことがあった。

「ああ、久しぶりやなあ」

「わあ、長谷川（ぼくの本名）さんやないの……」

ぼくは、彼女の顔を見ているだけで涙が出そうになる。自分だけや。自分だけが、タイムスリップしてるんや。そんな気持ちだ。

豆腐と揚げをもらって、右へ曲がって、ぼくは自転車のブレーキを踏んだ。

きいきいきい、と、音がした。


その恋は、中学二年のときにさかのぼる。

ぼくら男子の四人グループと、女子の四人グループがいて、勝手にそれぞれ「誰と誰が好きどうし」「こいつはオレが好き」なんて思い込んで、遊んでいた。

当時の言葉でいう、グループ交際、というやつだ。ぼくにはぼくの好きな女の子がいて、その女の子も、ぼくのことが好きだと思い込んでいた。

ところが、中学三年くらいになると、ちょっとややこしくなった。

「オレはあの娘のほうが好きや」

「あの娘はおまえが好きみたいやで」

などと、微妙に気持ちが入れ代わっていったからだ。

……ぼくが最終的に好きだった娘も、最初の娘ではなくて、中学時代は、一回も口をきかなかったのだった。

そして、ぼくの記憶が正しければ、たった一度だけ、高校一年のときに、彼女と会った。そのとき、どんな話をしたのか、ぼくが自分の気持ちを正直に告げたのかどうか、あまり正確には思い出せないが。

当時から、彼女の家はお金持ちで、敷地が広かった。

豆腐屋の角を曲がったとたん、ぼくはその家の前に出てきてしまったのである。


今、彼女の家は、三階建てになっていた。

ゆるゆると自転車をこいで、玄関の前まで行く。息を殺す思いだ。ぼくはもう、友だちと相思相愛のはずの彼女を静かに横恋慕する、でも誰にもいえない、かりかりにやせていたあの頃のぼくの心になっている。

表札は、二つ、あった。

結婚して、婿さんの名前になってるけど、二世帯住宅にしてるんやなあ、きっと。

心臓がドキドキするというよりも、脈が速くなっていくのを感じる。体は、四十八歳やから。

誰か、出てけえへんかな。

ぼくは、そこを去ることができない。家の前を行って、戻って、行って、戻って、しながら、気がつくと、二往復している。

中三のときと同じことしてるやんけ……。

行って、戻って、行って、戻って。

あのときも、立ち去れなくて、でもピンポンも押せなくて、そんなことをしていた。人間は、三十五年たっても、結局、同じことをするのだ。

行って、戻って。行って、戻って。

ピンポンを押すなんてできない。偶然出てきてほしいのだ。偶然だったら、しゃべれるのに。偶然だったら「わあ、偶然やね」って、言えるではないか。

そこから彼女が出てくる、イメージがあった。建っている家は変わっているけれど、なぜだか不思議なことに、そこから彼女が出てきそうな気がしたのだ。

彼女はきっと、エプロンをはずして、階段を降りて、扉を開ける。

ただぼくのイメージのなかの彼女は、ぼくが最後に目撃した、十六歳の彼女なのだ。

現実に、ここに彼女が現れたとしたら、四十半ばなわけだ。

なぜなら同級生だったぼくも、四十半ばなのだから。自分も変わっているのだから、彼女がおばちゃんになっていて当然だ。

でも、イメージは、違うねんなあ。

彼女は、十六歳のまま、なのだ。

結局、ぼくはあの頃とまったく同じように、偶然には出合わず、その家を後にした。

大通りは、本当に変わってしまった。

でも、路地裏は同じ。家並みのある場所は同じ。

「……ただいま」

一時間ほどの冒険を終えて、実家に帰ると、母親が出迎えてくれた。

母親も、年をとった。

ぼくは、せめて今は鏡を見たくないなあという気持ちで、靴を脱いだ。

鏡を見たらきっと、びっくりすると思うから。

……実家に帰って、近所に行ってみたこと、ありますか？

友だちの家。初恋の人の家。学校。公園。

もし、あの頃とおんなじような自転車が残っていたら、行ってみてください。

クルマで行ったら、ダメですよ。

タイムスリップは、自転車でするものです。

信号を渡りきるまでの恋

つい先週、何人かで、奄美大島へ行った。

南の島に、いつ頃からはまりだしたのだろう。八本のレギュラー番組の収録をやりくりし、時間を作っては、旅に出る。メンバーは、そのときによって違う。かなり参加率の高いヤツもいれば、初めて来るヤツもいる。

このあいだの奄美大島には、原川という、ぼくの三代前のマネージャーが来た。

こいつとは、いちばん長く仕事をした。だから、いろんなことがあって、思い出もいっぱいある。

「……そや、覚えてます？　紳助さん、市役所で、もろたばっかりの賞状を、捨てようとしたでしょ」

「そんなもん、いつも捨てとったがな」

「いや、あのときはさすがに『ここで捨てたらまずいでしょ』って、ぼく、止めましたやん」

そうやった。あれはもう、十何年前のことになるんやろう。

ぼくは映画を作り、そのことで、市役所で市長に表彰されたのだった。

ぼくは、賞状やトロフィーや楯みたいなものは、いつだって捨てることにしていた。なぜなら、それをもらうことは、記憶に残るから大切だけれど、それを置いておくことは、自分がそこで止まってしまう気がしたからだ。

「……ほんであのときは、おまえに止められて、賞状をもったまま、市役所を出たんや」

「そうです、そうです。……ほんでね。その後のこと、覚えてないでしょう？」

原川はニヤニヤ笑っている。体育会系でガタイのいい、若い頃は爽やかなヤツやったけど、おっさんなったなあ、とぼくはまた自分のことは棚に上げて、その笑い顔を見ている。

そして、ぼくはにやり、くらいの顔で言った。

「そうそう、原川。実は覚えてんねん」。

それは、信号を渡りきるまでの、十五秒くらいの恋だった。

片手に賞状をもったぼくは、歩いて信号を渡ろうと思ったとき、ふとそばで自転車に乗った彼女に気がついたのだった。めっちゃきれいなコだった。ＯＬだろうか、と思った。

「今日は気持ちいい天気ですね」

そんなことが第一声だったかどうかは覚えていない。でも、ぼくは声をかけた。

「あ、紳助さんですよね?」

彼女がどう答えたかは、覚えていない。でも、ぼくたちは会話した。

全部で十五秒くらい。原川はそのときのことを、今も驚きが続いているように言った。

「あのときは、珍しいなあと思いましたわ。紳助さんから声をかけるやなんて」

あれから十何年経って、原川がもっと驚くような、小さな出来事があった。

信号の彼女から、つい一年ほど前、「松本紳助」の番組宛に手紙が来たのである。

「……私のことを、覚えておられますか? 覚えておられないと思いますが、私はあれからずっと、紳助さんのことを番組でいつも見ていて、心の励みにしています。お会いして、お話したのは、人生のなかの本当に一瞬だったけれど、私はずっとファンで、あれからもずっと見ています……」

電話番号が書いてあった。結婚してはるみたいやから、旦那さんが出はったらどう言おうか、でも別にやましいことはないし……。そう思いながら、かけてみた。

ぼくも、ちゃんと覚えていたからだ。

「……ちゃんと覚えてますよ。あなたはこんな自転車に乗って、こんな格好してたでしょ……」

「……そうです」

「市役所を出て、右側の信号を渡る赤の間に声をかけて、渡りきる十五秒くらいの間だけ、話をしましたよね」

「……そうです」

ぼくは、提案した。

「せっかくやから、二人ともちゃんと覚えているんやから、あなたと付き合ったことにしましょう。信号渡るまで、渡りきって別れたけど、付き合ったことにしましょう……」

それくらいの、思い出だったから。

電話を切る前に「どこに住んでるの?」と聞くと、大阪の門真の自動車試験所の裏だという。

「うそぉー」

その後、五日ほどして、ぼくはスピード違反の講習で門真の自動車試験所へ行くことになっていたのだ。

当日、友だちといっしょに門真に行き、着く三分前に電話して「もうすぐ着くよ」と言ったら、家から出てきてくれて、授業が始まる前の少しの時間、お茶を飲んで、話をした。

話をした、と言っても、ぼくは女性と二人で話をするなんていうのが案外苦手なので、たいしたことは話していない。

また十何年前の、信号のときとおんなじように、ほんの一瞬だった。

でも、なぜぼくが、彼女に電話しようと思ったか。

それは、彼女が手紙に、こう書いていたからだ。

「必ずまた会える」

信じてずっと生きていてくれた気持ちが、ぼくにはうれしかった。

それは、信号のときの気持ちとつながっていて、ちっとも薄汚れていなかったからだ。

人生には、そんな一瞬だけの、恋もある。

今すぐ、追いかけなければ

二十二歳のときだった。大阪で、若手漫才コンビの紳助・竜助として、ちょっとだけ売れ出した頃だった。

その日、ぼくは、一人だった。日曜だったか、土曜だったか、人通りがいっぱいな日、一人で街を歩いていた。

道で女のコに声をかけたのは、人生でそのとき一度きりだ。

いわゆる、ナンパ。

みんなで酒を飲んだノリで声をかけるというような、そんなんではなかった。

けっこうな人ごみだった。

そこで、すれ違った、女の人だった。ぼくも一人。向こうも一人。

人ごみのなかで、その人だけしか見えなくなった。一瞬のことだ。ぼくは、咄嗟に思った。

　声かけなあかん。声かけな、一生、後悔する。人生、絶対に後悔する。

　すれ違った。どんどん離れていく。数歩。でも、十メートルくらい離れただろうか。

　ああ、どうしよ、どうしよ。でも、声かけんと一生後悔する！

　ぼくは、走った。走って、彼女のところに戻った。

「すんませーん。ちょっと、時間ありませんか」

「え？」

「ちょっと、お茶飲んでくれませんか」

　彼女は、ぼくについて来た。お茶を飲んで、それから、週に一回、会うようになった。


　あるとき、彼女はぼくに言った。

「親戚から結婚を勧められてるんです」

「ふうん」

「でも私は、その人とは結婚したくないんです」

「……」

相手はすごいお金持ちだということだった。彼女の親は、かなり乗り気のようだった。

「でも私、その人とは結婚したくないんです。親は勧めるけども」

そして、きっぱり言った。

「私、結婚相手だけは自分で決めるの」

十年後に、そのセリフをぼくは映画「風、スローダウン」で使った。あの映画に出てくる麻美という女の子がしゃべるセリフがそれだ。麻美は母親が病気で、親戚にお金持ちと結婚しろと勧められるというストーリーになっている。


しばらくして、ぼくらは会わなくなった。

恋心はあったけど、何かが違うと思い始めたのだった。

それからほどなく東京で漫才ブームが始まった。「笑ってる場合ですよ」という昼の帯番組がB&Bの司会で始まり、ぼくは水曜だけを担当していた。

その水曜日。

番組が終わると、新宿アルタの出口には、ワーワー、キャーキャー、女の子が集まっていた。漫才師が、アイドルのようになっていた時代。

一時過ぎに楽屋を出て、洋七さんが「食べに来い」と言っていたお好み焼き屋さんに急ごうとするぼくは、また人ごみのなかに、見つけてしまった。

あの彼女だった。

「何しに来てんの？　遊びに来たん、東京に」

「……いえ」

ワーキャー、と声が聞き取れないから、ぼくは「洋七さんと、お好み焼き、食べに行こう」と、彼女を連れ出した。


道すがら、たずねた。

「……なんで、東京に？」

「結婚したんです」

「どこに住んでんの？」

「千葉です」

あ、と思った。例の「お金持ち」は、千葉の人だったからだ。

「結婚しないと言ってた……あの人と結婚したんや」

「……」

彼女は言葉に詰まった。ぼくも、困った。

こんなとき、何を聞くんや。

「……幸せ?」

答えは静かに返ってきた。

「……いいえ」

それから次の週のこと。

ぼくは、その頃、水曜日に赤坂東急に泊まっていた。

夜、電話が鳴った。

「もしもし……」

彼女だった。

「……あのね、今度信州に行くから、ウォークマンを貸してほしい……」

「いいよ。来週、もう一回電話ちょうだい」

受話器を置いて、ぼくは考えた。

待てよ。お金持ちのところに嫁に行ったんやで。ウォークマンなんて、そんなもんくらい、買えるやろ。わざわざオレに借りるのは、おかしいやろ。わざわざ貸してくれというのは、オレにもう一回会いましょうということやな……。

その翌週、また、ホテルで電話が鳴った。

「……もしもし……」

「あのな、ウォークマン、一生懸命探したけど、見つからへんかったわ」

「……わかりました。ありがとう」

それは「会いましょう」と「もう会わないほうがいいよ」という、ぼくらだけのやりとりだったと思う。

そしてたぶん、それでよかったのだ。

彼女とは、とうとうエッチしなかった。

若いときに、エッチした女の子の顔は、全然覚えていない。今会っても、たぶん、名前もわからない。十回くらいしたのに、名前も顔も覚えていなかったりするのは、いったいどういうことなんやろう。

それは、ぼくが冷たい男だからだろうか。

いや、エッチしない人とのほうが思い出に残るのは、それが恋愛として燃え尽きることがなかったからだと思うのだ。

始まっても、ゴールがなかった恋。

くさいなあ、という言葉で、やりとりした短い時間。

ぼくのくさい言葉を、くさいと思わずに付き合ってくれた女のコがいたということ。

一瞬のことだけど、どれもこれも、いい恋やったなあと思う。

ふと、あのとき「今すぐ追いかけなければ」と思ったように、「あのとき、結婚しよう」と、ぼくが言うべきやったんかなあなんて、思いながら。

第2章　仕事という夢を追う

今がピークかもしれない

時代よりも前へ。それがぼくの、お笑いでデビューして以来、長い間の姿勢だった。そうしなければならない、と思っていたわけでもない。ただ、考えていることが、常に一歩早い。

傲慢に聞こえるかもしれないが、本当にそうだったのだ。

ときどき、ぼくは走りすぎて、時代に合わせることを要求された。そして、そうしてきた。

そして、今。ぼくは、時代に合い始めた。テレビの世界では、十九～二十一時をゴールデンタイムと呼ぶ。そこで番組の司会をやって、二十パーセント前後という視聴率をとるようになったのだ。

つっぱりの匂いの残る、若い頃の「島田紳助」は、深夜で若者の共感を得て、五パーセントの番組を仕切るタレントだった。そこには「わかる人にはわかる」笑いがあり、「とんがった」視点があった。

でも、今は違う。みんながわかる笑いになったのだ。

それは、ぼくが、年をとったということだ。

時代に合う、という言葉は、なんだか喜ばしい感じがするかもしれないが、ぼくは次のことを考えてしまう。

やがて、時代に追い抜かれていくな、と。

たとえば「お笑い」のちょっとした突っ込みにしても、変わった。

昔は誰かがおもしろくないことを言ったときに「すべってる、すべってる」という突っ込みができて、それが笑いになるようになった。しかも、一般の社会のなかでも「すべってる」状態を「いじって」、笑ったりできるようになったのだ。

それは、ぼくが遅れているのではなく、世の中の笑いが変わってきたことの一つの例だ。

今のぼくを助けてくれているのは、優秀なスタッフの力も大きい。

いきなり若いときから、いいスタッフと仕事ができる確率は少ない。十年間、特番をやったら何十本もやることになる。そのなかにいいスタッフがいて、またレギュラー番組をやろうということになる。

そういう積み重ねで、いいスタッフと仕事ができる時期になってきたということだ。

テレビの裏側にはまったく無縁な……たとえば、これを読んでくれているあなたに、説明するのはとてもむずかしいが、テレビのスタッフが優秀か、そうでないかは、一回番組をやったらすぐにわかることである。

フェラーリに乗っているか、そこらへんの普通の車に乗っているかというくらい、動きも、やろうとしていることも、考え方すべても違う。

テレビ業界人、とひとくくりに見られることが、残念なくらいに違うのである。

ただ、どんな世界でも、どんな職種でも、同じことは言えるのではないだろうか。優秀な人もいれば、どんくさい人もいる。それはどのくらい違うかと言われたら、すべてが違う。

日本テレビの「行列のできる法律相談所」をやっている高橋くんというディレクターが

非常に能力が高い。あそこまでやるヤツはいる。

こいつがすごい。三十代で、男前でさわやかで、非常に能力が高い。あそこまでやるヤツには、はじめて会ったといってもいい。

「机上の空論」という言葉がある。

しかし、高橋くんの辞書にはそれがない。普通のディレクターが机の上で考えた番組が、だいたい、五割の完成度をもっているとすると、高橋くんの考えた番組は、考えた時点で、八割から九割、完成されているのである。

完成度五割のディレクターの番組は、一回目の収録が終わった段階で、どこをどう修正していくか、考えなくてはならない。ところが、高橋くんの番組は、直すところがほとんどないのである。ぼくの感想は「なんでこんなことを机の上で考えられるんやろう」ということだけだ。

「…ミステリー」という番組にしても、特番としてはじめてやったとき、ぼくは高橋くんが口頭で説明することの意味が、まったくわからなかった。

「……考えたんですけど」

その言葉を、別の国の言葉のように聴いていた。

そんな内容で番組として成り立つんやろうか。うまくいくんやろうか。おもろいんやろうか。

疑問だらけ、消化不良だったが、彼の口調には絶対の自信があるし、熱意もいっぱい感じる。その日はこう言うしかなかった。

「じゃ、一回、やってみましょう」

当日の打ち合わせ。ぼくが何をしたらいいか、どう動いたらいいかはわかる。みんながどんなリアクションをとるかも想像がつく。ただ、ぼくはずっと根本的なところで引っかかっていたのであった。

……これ、ほんまに番組として成立するか？

やってみたら、九十五パーセントの出来だった。

いきなり、視聴率は二十三パーセント。二回目が二十パーセント。驚異的な数字だった。

「行列のできる法律相談所」のときは、たまたま当たったのだと思っていた。

「……考えついたんです」

高橋くんはそう言ったけれど、ぼくは机の上で考えられる番組ではないとも思った。机の上で考える番組は、過去にあったパターンの組み合わせでしかないことが多い。

「行列……」は明らかに、過去にはない番組のパターンだったからだ。


もう一つ、突っ込んで話すなら、編集、という問題がある。

一時間の番組があるとすると、その収録でぼくは二時間から二時間半しゃべる。そのしゃべりの部分は当然カットされるところと、使われるところがあるわけだ。

オンエアにする一時間になったとき、ぼくが「おもろい」と思う部分と、編集しているディレクターが「おもろい」と思う部分の感覚の違いがある場合がある。

だからぼくは、テレビでオンエアされる番組は見ないことにしている。それは、スタッフとの信頼関係を失う場合があるからだ。ぼくは、スタジオでしゃべるところまでを仕事だとわりきることにしているのだ。

ダメな編集やな、と思ってしまったら、ぼくがしゃべるのに手を抜いてしまうかもしれないから。

……それが、今までの考えだった。

でも、高橋くんの編集は、ぼくがしゃべっているよりも、オンエアのほうがよっぽどおもしろいのである。

編集が、仕事が、細かいのだ。

しゃべりがおもしろくなるには、無駄な言葉がないのがいちばんだ。とろいのはいかん。省略の文化だから、そこは漫才と同じ。いかに短く、いかにイメージしやすい言葉でネタを振っていくか。

ぼくがそう思いつつしゃべったことを、彼は冷静に、もういっぺん、再編集してくれているのである。そのうまさは、ぼくがスタジオで八おもしろいとしたら、オンエアでは十になっている……。そのくらいだと思う。

珍しく、家で自分の出ている「行列……」のスペシャルを見て笑っているぼくに、嫁さんが怪訝な顔をした。

「……何笑《わろ》うてんのん？」

ぼくは説明した。

「これはな、オレがしゃべったままじゃないねん。プラスアルファの加工がしてあるねん」

このおもしろさは、実際に素材になったぼくにしかわからないものがあるのかもしれない、と思いながら。

普通、ＶＴＲのテープをどこで切るかというと、アホなディレクターは前と後ろしか切れない。

ところが、高橋くん、真ん中も切れるヤツなのである。

ぼくは、自分で映画を撮ったこともあるので、それがよくわかる。八ミリ映画で誰かのおもしろい話を撮っても、編集など簡単にできるものではない。
一、二、三、四、五、六、七、八、九、十、というネタを、普通切るのは一と九と十だとする。真中の五を抜くと、四と六がつながらないからである。
それを、つなぐ技術があるということなのだろう。

高橋くんがやると、一、二、三、四、六で、つながって、おもしろい。二から八までを続けて見るより、格段におもしろくなっているのである。


ぼくが高橋くんをほめるのは、仕事ができるからだけではない。

業界人ぶらないところも、いいヤツだと思う。

優秀な人と仕事ができるようになったことが、ぼくが長いこと仕事をしてきた結果のひとつかなという気がする。
そんなことを、静かに考える。

なぜぼくは「サンプロ」を辞めたのか

「サンデープロジェクト」という番組を降りた翌週。

土曜日の夜、仲間と三時半まで飲んで、寝床に入っても、朝、七時半に目が覚めた。さすがに十五年の習慣は大きい、とぼくはあくびもせずに、そのまま起き上がった。

テレビをつけていると「日曜十時」になって、ぼくの後を背負った司会者が席に座った「サンデープロジェクト」が始まった。

しばらく、見ていた。緊張してるなあ……。ちょっとかわいそうに思った。こいつは、はじめてここに座ったぼくほどに若くはない。あの頃のぼくは、三十代でそこに座っただけで「えらいなあ」とほめてもらえたのだ。

それにぼくには、ヤンキー上がりの漫才師から、タレントとしてここまできたヤツ、という世間の目があった。

「サンデープロジェクト」という報道番組で、司会を十五年、やらせてもらった。

毎週、毎週、日曜朝十時の生放送である。

前夜の土曜は、夜の九時から打ち合わせがあった。世の中のこと、政治のこと、経済のこと。何も知らない三十三歳のぼくは、始まったばかりの頃、七転八倒していた。何に？何も知らないぼくそのものに。

ただ「何も知らない三十三歳の島田紳助」というポジショニングがあった。ぼくは、それをわりとすぐに受け止めた。恥ずかしかったけれど、受け止めた。

前夜、土曜二十一時の番組打ち合わせの後、誰とも会わずに勉強した。始めた頃は、一時間半、した。

政治の言葉、経済の言葉、いくら本を読んでも、何にも頭に入らない。どうやったら覚えるねんやろう。学生時代、どうしてたんや？　勉強してなかったからなあ。

待てよ、と思った。学校には、中間テストと期末テストがあった。毎回毎回、その度に一夜漬けでも、学生は勉強する。でも、なんで忘れたんやろう？　そや、一回しかやってないからや。

一夜漬けで一回やから、一か月たったら、忘れんのや。

これが周りに賢い人が多かったら、会話のなかで何回も口にして覚えていくのかもしれない。

しかし、マネージャーもスタイリストも、あんぽんたんである。

「なあ、波多野、プーチンって知ってるか?」

ぼくがたずねると、スタイリストは番組で着るスーツにアイロンをかけながら、言う。

「いやー、私、まだ食べたことないですぅ……」

知識がふくらむどころではない。

これは持論だけれど、物事というのは人に三回しゃべると整理できて、自分の記憶に入るのではないかと思う。しかも、それは一か月以内とか、短い期間に、である。

他人のせいにしてはいかん、とぼくは奮起した。

他人のせいにはしないが、巻き添えにしよう。

そして決めたのだ。

三回、テストをやる。

学校のとき、見るだけで気分が暗くなったあのプリントを、つくったのである。

かわいそうに、ぼくのまわりのスタッフや友だちが、みんな巻き添えを食った。でもみんな、意外におもしろがってくれた。

テーマは、そのときのニュースが中心だった。ボスニア紛争。日本の各政党の主張について。憲法改正について……。

百点満点のうち五点や八点で競い合うレベルである。それはレベルとも言えない。つまり、答え合わせの前に「問題の意味すらわからん」という生徒の質問に、ぼくも覚えたての知識をしどろもどろに延々説明するのである。

三回同じプリントを最低でも二人ずつつくらいにやらせた。

そしてぼくは、三回説明して、自分の知識にしたのだ。

ずるいけど賢い、とぼくは自分で思う。あのやり方は、正解だった。

そうやって勉強して、今、四十八歳になったときに、わからないことはほぼなくなったような気がした。自分での勉強も、最初の一時間半から、二十分くらいですむようになった。

各スタッフが家庭教師のような存在なら、田原総一郎《たわらそういちろう》さんは、こわいおっちゃんの存在、校長先生みたいなものだった。冗談抜きで、心底、ありがとうございました、と言える。

世の中、心の底から「ありがとうございます」って言える人なんて、そうそういるもんじゃないと思う。ほんまに、そう思うのである。

ぼくの学校だったような、そんな「サンプロ」を辞めたのには、明確な理由がある。

それはまず、ぼくがそうやって勉強してきて「わかりません。どういうことですか」と聞くべきことがなくなってきたからである。五十にもなろうという男が、そんなことを言うのはおかしい。ところが「わからないことがなくなる」ことは、あの番組においてぼくのポジションがなくなる、ということなのだ。

見ている人も「アホなくせにここまでがんばってんな」という目で見始めたに違いない。

それは、四十代も後半にさしかかって、感じるようになってきた。

かといって、自分がほんまに政治を語れるか、経済を語れるか、という能力もない。

だからぼくは、ずっと、潮時を「五十歳」だとにらんでいた。

それが、四十八歳で辞めることになった。二年、早まったのは、古舘伊知郎《ふるたちいちろう》さんが同じテレビ朝日で「ニュースステーション」をやることになったからだ。

一歳年上の古舘さんが、報道で勝負していこうと決められたときに、ぼくはメインでもないサブ司会者として「サンプロ」をやることに、意味を失った。ぼくは、自分の力不足を素直に認める。

「久米宏さんの後に、紳助さんが『ニュースステーション』をやってくれませんか」

そう声がかかるくらいに、力をつけておかなければならなかったのだという気がする。

もし、声だけがかかったとしても、ぼくは自分でそれを断ったと思う。知識的にできない、と。

ただ、今、あえて言うならば、ぼくには夢があった。もし、久米さんが「ニュースステーション」を降りたら、金曜一日だけ、やってみたい、と思っていたのだ。

週一回なら、あとの六日間、それなりに勉強したらできたと思う。

でも、毎日毎日は、とても無理だ。なぜなら、ぼくはそのくらいの、アホだからである。

そうして「サンプロ」を辞めたわけだが、スパッと決めたわけでもない。

自分で何べんも考えて、紙に書いた。

……辞めることによるメリット。

……辞めることによるデメリット。

……続けることによるメリット。

……続けることによるデメリット。

続けることに関しては、八個くらい、デメリットがあった。ダントツで多かった。続けることのメリットは「お金がもらえる」だけだった。

紙に書くと、わかりやすいなあと思った。辞めることについては、メリットがいくつもわかるけど、続けるメリットが金しかないのなら、辞めて間違いない、と。


そして、最後の「サンプロ」の日。

朝起きて、ふっと、もう一回、聞いた。「島田紳助」に。

「……これで……終わりやな、間違うてへんよな……」

スタジオへのエレベーターを降りたとき、もう一度聞いた。

「逃げてるんとちゃうよな……。イヤやからとか、しんどいからという理由で、辞めるんとちゃうよな……」

ぼくのなかの「島田紳助」が答えた。

「しんどくて辞めるんやったら、二年で辞めた……。十五年やってんから、もう許したれや。……また三年くらいたって、五十を超えて、「サンプロ」みたいなマニアックでむずかしいやつじゃなくて、もうちょっと柔らかい情報番組とかあったら、またやったらエエんとちゃうかなあ……」

芸能界という山を登っていくのは、ものすごく険しい。素手で、岩だらけのところを登っていくようなものだ。右手でヒット番組をつかんだら、その右手の岩はいつかちぎれて崩れ落ちてしまう。それが崩れ落ちるのは、大体、三年。その間に、左手は、次につかまれる岩を探す。やっと見つける。

と、右手の岩がズズズ、と崩れる。また、右手で次の岩を三年以内に、探さなければならない……。

そんな作業だ。

そんなかで、ぼくが「サンプロ」という報道番組をやらせてもらえたのは、両方の手が岩を失っても落ちないくらい安全なロープを上からかけてもらっていたくらいの、安心感があったのだ。

たとえば、バラエティが全部当たらなくなって、レギュラー番組が根こそぎなくなったとしても「ぼくは報道がしたいんです」という、大義名分があったのである。

でもぼくはその大義名分になるものを、安全なロープを、自分で切ってしまった。

だから、手をかける場所、足をかける場所がなくなった瞬間、真下へ真っさかさまに落ちていくという緊張感が、ある。

今、バラエティのレギュラー番組は何もかも調子がいい。両手両足がうまくしがみつけているから、他人から見たら、絶対に落ちないと思うだろう。

「エエなあ。絶好調やん」

「絶対に落ちひんやん」

しがみついているから落ちないけれど、上の岩が見えづらい。頭の上にある断崖絶壁のつかめる石を探る手がない。怖い。

「……なるようになる。しゃあないがな」

ぼくのなかの「島田紳助」が言う。

ぼくは「島田紳助」に言う。

「……そうやな。それが五十歳ということやな」

オンエア、スタート。

ぼくは、辞める理由をこう説明した。世の中では「島田紳助は『サンプロ』を辞めて国会議員になろうとしている」といった噂もあったからだ。

……ぼくは国会議員になることはありません。

今の日本は、わけのわからない人間が一人でも国会にいるだけの余裕がない。この国は滅びていってる。ピンチなんです。そんなとき、ぼくができることは、「サンプロ」で培った知識で、一人でも必要な人間を国会に送り出すことなんです……。

そこを、少し付け足すと、ぼくは、自分の美学として「政治家になれる、でなったらいかん」ということなのだ。

たとえば今、どこかの党に頼んで、関西ブロックで比例選挙区一位にしてくれと言ったら「わかりました」というところがあると思う。衆議院議員になれてしまうわけである。

だからこそ「なれる」には意味がないのだ。

「夢」とは、チャレンジだから。

ぼくが「いつか国会議員になる」ことが夢でタレントになって、それから選挙に出ることを計画していたのならいいけれど、そうではないのだから。

国会議員になるよりも、漁師になろうとするほうが、ぼくにとっては「夢」として正しい。

舟を買ったところで、組合に入れてもらえるかどうかわからないのだし、たとえ組合に入れてもらえたとしても、本当に魚がとれるのかどうか、またわからないのだから。

とにかくぼくは、国会議員にはならない。

オンエアではそれしか説明できなかった。ほんまに伝えようと思うことは、テレビでは時間が足りない。わかりやすいことを、言うしかない。


最後のオンエアが終わった。

楽屋へ戻ると、ケータイにメールがいっぱい来ていた。

「おめでとう」と、打ってくれた友だちがいた。

「お疲れさん」と、打ってくれた人もいた。

でも、メール大賞は、うちの長女だった。

「任務完了。一般の民に頭よさそうに見せる任務、本日をもって完了しました。元ヤンキー出身ゆえに時間はかかったが、見事な任務でした。さあ、盗んだバイクで走り出せ」

ぼくがやろうとした意図、「大変でした。よく努力してはりました」というねぎらい、尾崎豊の歌の歌詞の「盗んだバイクで走り出せ」で、いつまでも若い気持ちを忘れずいてよ、という励まし。

全部、入ったメールだった。

「サンプロ」という、ぼくの長い長い学校の……先生の一人に、とうとう、あいつもなったかと。

ぼくは、何度も何度も、読み返した。

文字がときどき、うるんで見えなくなったりした。

そういえば、この十五年間のかたわら、ぼくの目には、金にもならん努力を、ひたすら勉強をする、うちのチビらが、映っていた。

家族をほめたくはないけど、ぼくはそんなチビらがいてくれたから、走れたんだと。

人は、苦しい時間に、成長する。でもぼくは、そんなにいろんな努力をしたわけではない。

ただ、走れたんだと思う。

政治「応援」家

「紳助、政治家になる用意」
「紳助、参議院選出馬」
「紳助、大阪府知事をねらう」……

そんなことを言われ続けて十年以上たつような気がする。西川きよしさんの任期が終わることや、ぼくが「サンデープロジェクト」を辞めることなど、時期が微妙にだぶったりして、二〇〇四年の春頃はとくにすごかった。

ぼくは、面倒くさくなって「政治家になります」とか「大阪府知事をねらいます」とか、バンバン嘘ばっかり言っていた。

でも、本当にぼくのことを知っていてくれる人や、ぼくのトークを真剣に聴いてくれている人、ぼくのエッセイを読んでくれている人は、絶対にそんなことはしないと思っていたはずだ。

ダウンタウンの松本と二人でやっている「松本紳助」というテレビ番組では、ちゃんとしゃべる時間があるほうなので、ぼくは説明した。

「……ぼくが(選挙に)出るわけないやろ。タレントが出たらあかんのや。今はな、そんな時代と違うねん。それよりも、オレらが、この人が当選するべきやと思う人たちを、自分たちで判断していかなあかんねん。だから、そんな人がいたら応援するよ」

その番組あてに「応援してください」と、本当に名乗り出てきたのが、尾立源幸《おだちもとゆき》さんだった。

「どこの党の人?」

スタッフに尋ねると、答えが返ってきた。

「民主党です」

会って、どんな人か知って、決めよう。そう思った。

ぼくが納得いく人の選挙を応援しようと心に決めていたのは、「サンプロ」をやっていた頃からのことだ。

「サンプロ」でぼくは、日本の政治を知ることができる、微妙な場所にいた。知ることができた、というか、知ってしまったのだ。

知ってしまったから、自分の思う日本の国を少しでもいい方向にしようと思った。知ってしまったからこそ、タレントが国会議員になってはダメだと思ったのだった。

ぼくに何ができるか。

それは、ぼくが正しいと思う人間を国会に一人ずつ送ることではないかと。

ぼくなりに、日本は二大政党になって切磋琢磨していくのがいいのではないかという持論があった。二大政党になった場合、自民党と民主党になる。どう考えても自民党のほうが成熟しているけれど、今の自分に近いのは民主党だ。民主党はまだまだ子どもの政党だから、成熟した大人の政党にするために、優秀な人間を国会に送ってもらいたい。

尾立さんが民主党だというのは、まずひとつ、気持ちをクリアしていた。

しかし、応援するのに妥当な人かどうか、ぼくなりに、チェックしなければいけないと思った。

まず、演説会に行った。

それから、個人的に会った。

酒も飲んだ。何べんも会った。

本当の人格なんか、五年も十年も付き合わないと、絶対にわからないと思う。

カンに頼るしかない。

そこで感じたのは、金銭欲はもちろん、名誉欲とかでもなく、本当に一生懸命この国をなんとかしようとしてるという彼の本気だった。

それと、もうひとつ、いいかもしれないと思ったのは、彼は小選挙区で一回負けている、ということだった。今度負けたら終わり。そういう熱い感じが伝わってきた。

ぼくとは違う、図太さもあった。政治家は、ぼくみたいに、神経が細かったらできない。

「応援を引き受けよう」と、ぼくは言った。

「ほんまにいいかげんはあかんで。下手なことしたらどつくで。ぼくも本気でやる。その代わり、ほんまに仕事せえへんかったら、六年後には、対立候補のところで応援するぞ。『あいつは、最低やった』ってな」

そこから、熱い熱い夏が、始まった。

体温より高いんちゃうかと思うくらい、暑い暑い二〇〇四年の七月。ぼくは大阪の難波の駅前の選挙カーの上で、マイクを握っていた。おっちゃんも、おばちゃんも。おねえちゃんも、おにいちゃんも。高校生みたいな子もいっぱいいた。目をそらさずに、じっと、ぼくを見ていてくれた。

ぼくは、この子らにちゃんと伝えなあかんと思った。えらいことになっている、今の日本の状態を、何をしないといけないかを。何が必要なのかを。

民主党とぼく自身の政治理念は多少合わないから、それも言った。民主党側は、批判すら、認めてくれた。

それは、脳に訴えるもんじゃないと、ぼくは思った。どんなに教科書に書こうと、学校の先生がテストの問題にしようと、それは、あの子らには伝わらない。

あの子らの心に訴えて、記憶させないといけないのだ、と。

「……タレントが国会に出ようなんてまったく思わない。今の参議院、二百四十数人のなかに、一議席も無駄があってはいかんのです」

彼ら、彼女らは二十分間のぼくの演説を、じっと聴いていてくれた。ぼくは、その姿に、感動した。

選挙が終わってから、たくさんのテレビが、ぼくの演説を放送してくれた。それを見た町の人たちが、またいろいろ意見をくださった。

演説はトークではない。アジるのに近い。ちょっと危ないけど、ヒトラーは、こんな気分やったんかなと思った。

もうひとつ「サンプロ」以外に、ぼくが政治や選挙を身近に感じた、偶然の出来事があった。

去年の夏休み、アメリカ留学から帰ってきた二番目の娘のユカが、インターンシップという制度で試験を受けて、政治活動を手伝ったのだった。

それがたまたま、大谷さんという民主党の国会議員のところだった。

大谷さんは、ユカを島田紳助の娘だということはわからずに雇った。

ユカからぼくは、国会議員の事務所の日常をちらっと伝え聞いた。

「どないや?」

「おっとう、すごい貧乏やで……」

「びんぼう?」

「あんな、五円でも安いとこを探して、セロテープ買いにいくねんで」

選挙ではなく、普段の支持者の挨拶まわりにと大谷さんが能勢に来られたとき、ぼくらが親子だということが判明したようだった。

「大谷さん、娘がお世話になりまして……」

ぼくが挨拶に行くと「いやー、こちらこそ、ありがとうございました」と、大谷さんは笑った。

そして、尾立氏の出陣式には、さっそく駆けつけてくれた。

「おはようございます！」

選挙事務所を訪ねたぼくは驚いた。

大谷さんはチラシにシールを貼っているところだったのだ。

選挙事務所には、選挙管理委員会からチラシや、シールといった、七つ道具が届けられることになっている。チラシは三十万枚しかまいてはいけないことになっていて、それに一枚ずつシールを貼らないと、選挙違反になるのである。しかも、十日の間に一気にやらなくてはならない。ボランティアの子が何人も集まって、手伝っていたが、なんと衆議院議員の大谷さんまでが、必死にシールを貼っていたのだ。

なんか、エエなあ、とぼくは思った。

ぼくには、できそうもない。

手作りで、エエやないか、と。

「大谷さん、貧乏なんですってね」

ぼくが失礼なことを言うと、大谷さんは笑っていた。

「そうなんですよ。このあいだ、資産公開があって、めちゃめちゃ恥ずかしかったですよ。ゼロですよ、ゼロ。資産ゼロやったんですよ。車が四台あるんですけど、百万円以下の車はゼロになるらしいんですよ」

誰もが、必死にチラシにシールを貼っている大谷さんを見たら「こんなに一生懸命選挙を戦っている人なんだ」と支持するように思う。

ポスターだけじゃ、わからない。テレビを見ていても、新聞を読んでも、何にも伝わって来ない。

このおっちゃんに何ができるんやろう、大丈夫かいな、という感じだ。

誰かが伝えないと、わからない。そう思った。

たとえ、タダでも。たとえ、本業に差し障りがあると言われたとしても。

本当にやるべきことを、ぼくは知ってしまったのだから。

七月十一日。

「行列のできる法律相談所」を二本撮って、ぼくは東京から大阪へ帰る午後七時半の新幹線に乗っていた。

開票が始まり、ずーっと、メールが続いた。

静岡あたりで、当確が出た。

涙が止まらなかった。

最終的には、九十一万票を取ったのだという。

甲子園が満杯になったって、五万五千人。そう考えると、甲子園に二十杯分くらいの人が、選挙に行ってくれたことになる。

昔のように、組織票というものはない時代だ。働く人々の賃金のベースアップがない時代だから、労働組合は力をもてない。組織がしっかりしているのは、宗教と仲のいい公明党くらいのものだ。

以前は組織力が強かった共産党だって、組織票というほど大きな票を動かせない。

今は、浮動票なのだ。全部が浮動票だと思っていいくらいなのだ。

選挙に行くかどうかも、わからんような人たちの一票が、誰かを決めるのである。

その選挙に行かなかったかもしれない人たちが、九十一万人、ぼくが推した人の名前を書いてくれたのだ。

それは、大きな感動だった。


ぼくが感動したのには、個人的にはもうひとつ、大きな理由がある。

それはやっぱり、ぼくにとってリスクの大きいことだったからだと思う。

「一タレントが一国会議員や一政党を応援するのは好ましくない」

そう言う人はいっぱいいた。僕自身も、十分、それをわかっていた。

万人に愛されるべきタレントにとって、支持と不支持がはっきり出てしまう政治的な色は、マイナスだ。

正直、びびっていた。ぼく個人の、マイナスが怖かったのだ。でも、ぼくが今日、ここにあるのは、どの国でもない、この国、日本なのだと、思った。

だから社会貢献したい、と言った。

「社会貢献ってなんですのん?」と言った人がいた。

ぼくは答えた。

「個人にとってはマイナス。でも、国にとってはプラスになること」

と。

そうやってやってみたことが、たまたま、結果はマイナスにはならなかった。

それは自分でもびっくりした。

いろんな人が、ぼくのやったことを好意的に見てくれたのだ。

「タレントが政治家を応援する新しいパターンを作りましたね」

たくさんの人に、そう言ってもらえた。

それは八耐に共通するものがあったと思う。何の得にもならんことを、一生懸命やったからだ。

ぼくが走るのではなく、誰かを走らせてあげる。走った人が満足する。みんなが泣いている。それを見て、ぼくは感動する。

……それが、島田紳助には向いているのだと思う。

第3章

去りゆく友、ここにいる友

ノスタルジック

この頃、地元が好きだ。

みんな、老後のためにと一生懸命働いて、お金を貯めるものだけど、ぼくは今、死後のために、お金の代わりに徳を積んでおこうと思っている。

徳、なんて、そんな言葉を、本で読んだわけではない。宗教で聞いたわけでもない。ある日、元アラジンの高原が、沖縄で教えてくれたのだ。

「紳助さんは、徳積んでるから、死んだらきっといいとこ行きますよ」

「縁起悪いこと言うな、おまえ。気色悪い」

「いやあ。だって、紳助さん、オレが富山へ帰ってもずうっといろんなアドバイスくれて、励ましてくれて、やさしいもん。徳積んだはるもん。死んだら、エエとこ行きはるわ」

「アホか、おまえは」

そう言いながら、ちょっといい気持ちだったのだ。「いいとこ行けるねんや」と思ったら、ぼくは死ぬこともあんまり怖くないかもしれんな、と思うようになったのだ。仕事もうまくいってるし、家もうまくいってるし、子どもたちもいい子やし、友だちもいっぱいいる。

ほんまに幸せなのだ。でも、いい家族なんて、偶然できひんのやということもわかっている。ぼくだけではなく、みんながんばったのだ。日々、積み重ね。そう思うと、生きてる後のことだって、おんなじちゃうかと思うのである。


それで、親孝行もしなくてはと、よく実家に帰るようになった。

このあいだ、家の前の公園がきれいになっていた。

もともと、大きな公園で、西寺公園という。

ここでぼくは、ブランコをし、野球をし、女の子とデートした。

夕方、ぼんやり眺めていると、小学生がセミとりをしていた。ついて歩いていると、カゴのなかはクマゼミばかり入っている。

「クマゼミばっかりやんけ」

ぼくが言うと、子どもらの一人がぼくに言った。

「クマゼミしか棲息してないから。アブラゼミは棲息してないねん」

棲息って……（ぼくは、この漢字は辞書で引いた）。そう聞くと、何か同い年のような闘争心が湧いてきて、ぼくは言った。

「オレらが子どもの頃は、このへんはアブラゼミしかおらんかったでぇ。クマゼミなんか見たことなかったわ」

小学生たちが、捕まえたそのセミをどうするのかが気になって、ぼくはついて回った。

「なあ、それ、どうすんねん？」

「最後、逃がすねん」

「なんでえ？」

「飼い方わからへんし、すぐ死ぬし、かわいそうやから」

結局、ぼくは逃がすところまで付き合うことになった。

カゴを開けて、一匹ずつ、空へ飛ばす。

セミは、スーッと飛んでいくヤツもいれば、弱って飛べないヤツも、もうすでに死んでいるヤツもいた。

「それ、どうするねん。死んでるヤツは？」

「死んでるのは、お墓つくって埋めてやるねん」

やさしいな、とぼくは思った。ぼくらが小学生の頃は、そこまでしただろうか。

そんなことを話していると、違うグループがわーっとやってきた。

ぼくらのグループのヤツが、聞いた。

「何匹とった？」

「十六匹」

「どこにあるねん」

「もう逃がしたわ」

ぼくは、ちょっとうれしくなって、そのグループの一人に聞いた。

「とったら、逃がすんか」

「うん。逃がす。かわいそうやから」

「いっつもそうするんか」

「たまあに、コンクリートの壁にぶつけたりするでえ」

そのうちの一人が言ったけど、残酷な感じはしなかった。

ぼくらの子どものときのほうが、残酷なことをしていたと思った。カエルのケツに爆竹を入れたり、セミなんか、羽切ってみたり、糸つけて飛ばしたり。

「セミは早く死ぬ」というのは、ぼくらも知っていたと思う。でも、なんであんなことをしたんやろう。

「唐橋《からはし》小学校やろ?」

「うん」

「何年生や?」

「五年」

ぼくは、もっと話したくなった。

「トンボとか、捕まえんの?」

「トンボ、めったにけえへん。さっき、赤トンボがいたけど」

「ギンヤンマとか、もうけえへんやろ。おっちゃんらが子どもの頃は、西大路《にしおおじ》の駅前の田んぼにたまにギンヤンマが入ってたんけど、けえへんやろ」

「ギンヤンマは、けえへんなあ」

目をいきいきさせている子どもたちが、かわいかった。

じーんときた。

今の小学生が、ゲームばっかりしてて、命の尊さとか、やさしさとかを知らないみたいに言われているのは、ウソやと実感した。「今の子どもは凶暴性がある」なんて誰が言ったのだろう。

「……サインしてください」

子どもたちは、ノートと鉛筆をもってきて「人数分、してもらえますか」とていねいに言った。

「よっしゃ」

ぼくは、サインをしながら、ノートを見ていて、思い出した。こいつらくらいのときに、京都の西京極球場に、東映フライヤーズの試合を見に行った。ぼくらはベンチ側にいて、誰か選手が出てくると、「サインして、サインして」と言うのだ。でも、だあれもサインしてくれない。試合中だから、当たり前なのだが。

そのとき、誰も知らんおにいちゃんが出てきた。ぼくが「サインして」と言うと、サインしてくれた。

「もう一枚」と言っても、いやがらなかった。サインしてもらってから、ようく見ると、「34番」と書いてあった。後から調べると、金田留広《かねだとめひろ》というピッチャーだった。かねやんこと、金田正一《かねだまさいち》の弟さんだったのだ。

そのとき、本当にうれしかった。いつかオレも有名になって、子どもがサインして、と言ってきたら、絶対に愛想よくサインしよと、思った。

漫才ブームのときは、疲れ果てていて、サインする気も起こらなかったのだが……。


公園で、あの子どもたちに会って、ぼくはいろんなことを考えたり、思い出したりした。今、西寺公園は、いっぱい木が植えられて、野球禁止になっている。

なんでやねん、とぼくは思う。そうやって、大人が子どもを窮屈にしているのだ。「最近の子どもは外で遊ばない」って、遊びにくいんやないか。

公園は、イヌの散歩のためにあるんやないとぼくは思う。

もっと子どもに、いろんなことを教えてやりたい。

スズメのとり方。スズメは、ブロックを四つ置いて、一つだけ、木のつっかえ棒をおいて、ギリギリに落ちるくらいにして、米を撒いておくのだ。スズメがブロックのなかに入ったところで、木がことんと落ちるように仕掛けをする。

それでも、なかなかスズメなんてとれるもんじゃない。一度だけ「あかんかったやろ」と思ってブロックを外したら、シューッと逃げていったことがある。

「あああ」

ぼくらは、天を仰いだものだった。

もう関西人でも知らない人が多いが、独特のトンボのとり方もある。

細い細いテグスの両端に、三センチ四方の油紙で包んだ空気銃の弾を入れ、「ほーっ」と声を出して投げるのである。トンボは、小さな虫だと思ってそれを食べようとピュッと入ってくる。テグスの間にうまく入れば、羽にひっかかって、重みで落ちるのだ。

重さで飛びきれなくて落ちるだけだから、網でとるよりも、羽をいためずにとることができるのだ。

しかし、これもとれたためしはほとんどない。一回だけ、ギンヤンマが引っかかった記憶があるくらいだ。

そうそう。プロペラの飛行機もつくったものだった。十八歳で漫才の弟子入りをしたとき、師匠の孫に作ってあげたけど、飛ばなかったという記憶もあるが。

失敗でもエエやんけ。

そんなこと、してみることが、大事なんと違うかな。


子どもたちが帰っていった後、鉄パイプに座っていると、友だちの谷くんがうちにメシを食いにやってきた。

「おう。似たやつおると思ったら、どないしてん。物思いにふけって」

「ダッサいなあ、おまえ。気がついたら、黙って、モノ言う前にバイク止めて、ここへ座れ。座っていっしょにオレと景色見ながら、『昔はもっと大きい見えたのになあ』とか言え。オレと同じ世界に入れよ！」

そんなことを言いながら、そいつを横に座らせる。

「なあ、オレら小学生の頃って、アブラゼミばっかりで、クマゼミなんておらんかったやろ」

そいつはあきれて言った。

「何言うてんねん。ほとんどクマゼミやったで」

「そやったっけ」

どこで記憶が変わっていったんだろう。ひょっとしたら、ぼくが「アブラゼミ」をとりたかった、その気持ちが強くて、記憶を変えてしまったんだろうか。

人間の記憶って、そんなものなのだろうか。

ぼくらは、昔の話をした。

「なんか、いろいろブームがあったな」

「ブームて?」

「急な斜面のところで、竹スキーとかやったやろ」

「ああ。竹屋で竹拾うてきてなあ」

「四十センチくらいのやつな。幅四センチくらいに切って、先曲げて節を削るのや、コンクリートで。それで、上に乗って座るねん。ほんで山の上からシューッと滑ってな」

みんなが同じところを滑るから、そこだけ斜面の土が固くなっていった。

「三か月ぐらいで、誰もせえへんようになったな」

そやそや、と思い出す。

ぼくらは、子どもだった。西寺町北部の子どもだった。その頃、西寺町北部の子どもたちの間では、ソフトボールが盛んだった。学校のクラスの仲間で、放課後もソフトボールばかりしていた。下校して、公園に近い者が場所をとるのだった。

「……ほんだら、おまえ、先帰って場所とっとけ、ってな」

「家からこの公園が近いオレらが、家にバーッと帰って、自転車出して、野球のところに自転車置いて、場所とってな」

「野球で四面くらいとれたもんなあ」

「ぼくらが座ってる、このパイプはキャッチャーの後ろやったやろ？　あの鉄パイプのとこが、二塁ベースや」

そう言いながら、ぼくは、ちょっと小走りにバッターボックスがあった位置に向かっていって立った。

「打つぞ」

カーン、と打ったふりをして、全速力で走る。一周、走った。ランニング・ホームランの気分だ。

ずっと、子どもの頃から定位置の鉄パイプに戻って座っても、ハーハー息切れしていた。

「おまえ、二塁からこっちはかなりきつかったな」

谷くんは笑っていた。

実家に戻ると、おかんが、言った。

「あんなあ、京都の九条署のな、一日署長になってくれへんかって、言いにきはったけども」

ぼくは、真顔で言った。

「アホけえ。オレ、学生のとき、捕まって交番からパトカー乗って九条署まで移送された男やで。今さら『みなさん、非行のない街にしましょう』言うたら、近所の笑いもんやろ。なんでオレが一日署長やねん」

おかんは「そやな」と、笑っていた。

悪さしていた頃も、懐かしい。

懐かしいということは、かっこ悪くないと思う。

ぼくはこの頃、地元が好きだ。

カラオケではアホになれ

夏が近いので、マネージャーにサザンオールスターズのＣＤを買ってきてもらった。「Ｌｏｖｅ Ａｆｆａｉｒ」という歌が入っているやつを探してもらって。

最近、ぼくらは仲間でよくカラオケに行く。何を今さらと言わないで。

けっして普通には歌わない。ネタとして、歌い、演じるのである。

替え歌もあり、あまりにはまり過ぎていてそのまま歌う歌もあり。

たとえば、同級生の染物屋の堤くんの場合、司会者はこんなふうに前フリしてあげよう。

「……堤くんは、昼は京都の伝統工芸師、夜は電動コケシ。京都の染物業界はどんどんさびれていってます。呉服の問屋街として知られる室町は、数十年前まで、人でごった返し、路肩に駐車する車が多いせいで、道路は常に渋滞しておりました。ところが今は『室町バイパス』と呼ばれております。室町を通るほうが早いからです。……そんな、さびれていく街を思いながら、堤くんが歌います。歌は『時代遅れ』……」

一日二杯の酒を飲む……
目立たぬよう、騒がぬよう……
にあわないことは無理をしない……

畳みかけるように説く歌詞である。河島英五《かわしまえいご》のあの歌の歌詞はもともと寂しい。しかし、堤くんが歌うと、もっと寂しいのである。寂しいというより、しょぼい、といったほうがよい。

「一日一反　着物染め……」

いきなりそこから始まり、最後のフレーズで、絶叫するかのように歌う。

「……時代遅れの　染物屋になりたい……」

淡路島にいるタヌちゃんは、三十二歳。めっちゃやさしいヤツだ。住むところによって、人には違う時間の流れ方があるのではないかと、彼を見ていると思う。彼の時計は、ぼくらの時計と違うのだ。

ぼくが淡路島にしょっちゅう行けるのは、そのタヌちゃんと、タヌちゃんと同級生の久保田くんという美容師がいてくれるからである。

今年の誕生日は二人に祝ってもらった。

三月二十四日。いつもは大阪でわいわい誕生日をやるのだけれど、なんか今年は騒ぎたくない気分だったのだ。

「誕生日、わし、そっちでするわ」

「ほな、ケーキ買《こ》うときますわ」

若くもない二人の男の、けったいな会話である。ぼくは淡路島に行き、飲み屋に仲間で集まった。

さすがにケーキは忘れてるやろうと思っていると、十時頃になって、ケーキがやってきた。

タヌちゃんがローソクを立て、みんなが「ハッピーバースディ」を歌ってくれる。

「……♪ハッピーバースデー、ディア　紳助さん……」

若くもない男たちの歌声。それが、うれしい。

「これ、プレゼントです。紳助さん、朝いっつもキックボードでお茶飲みに行かはるでしょ。こっちのほうが便利かなあと思って……」

自転車だった。

ぼくは、彼らのそういう気遣いに、心の底からほっとする。家族からのやさしさも、時には（本当に時には）女のコのやさしさもうれしいけれど、そこには期待が入っている。タヌちゃんたちのやさしさは、ぼくが何も期待しないやさしさだ。そこに、何かがプラスされて、目の前にふっと現れる。

去年の秋にも、そんなことを思った。

ぼくとタヌちゃんとで、イカを釣りに行ったときのことだ。

水深三十五メートルくらいのところでイカを釣っていて、そのとき、ぼくらはかなり大きな錘をつけていた。

「……釣れませんねえ」

どれくらいそこにいただろうか。タヌちゃんのその言葉で、ぼくらは一度浅いところへ移動しようということになった。水深十五メートルくらいのところへ。

「……錘換えたほうがいいですよ」

「じゃまくさいなあ……。また後で深いところへ戻るかもしれんし、エエやろ」

深いところへ戻るかもというのは理屈で、ぼくのいちばんの心境は「じゃまくさい」だった。

浅いほうへ移動していると、ふと、タヌちゃんが、黙って、ぼくの錘を換えてくれていた。

ぼくの錘を換えて、その後で、自分の錘を換えていた。

それをぱっと見たとき、なんちゅうやさしいヤツや、とぼくは感動した。

そういえば、夏にタヌちゃんに彼女をつくる目的で、女のコをたくさん集めてウェイクボードをしたり、バーベキューをしたりして、一日遊んだことがあった。

そのときもタヌちゃんは火のことだの、道具のことだの、みんなのお世話係をしていて、女のコが「きゃー、かっこいい」という場面にはどうもいないのである。

「みんなが楽しかったあって、帰ってくれたらうれしいですやん」

そんなノリである。

男が見たら、そんなタヌちゃんこそ彼氏にするべきだと思うのだが、女のコは、ちょっと不良性のある男にひかれてしまったりするのだ。

「……そんなタヌちゃんが歌います……『巡恋歌』」

タヌちゃんは生真面目に歌う。せめて、大好きなパチンコのことも織り込んでの歌詞だ。

「♪パチンコ止めろというけれど　それは　私の勝手じゃないかしら……」

そして、仲間全員が最後のフレーズを大合唱する。

「♪いつまでたっても　恋の矢は　タヌちゃんの胸にはさっさらないー」

タヌちゃんは、照れながら、しかし不思議な充実感をもってマイクを置くのだ。


タレントの島崎和歌子も、歌う。

曲は「お祭りさわぎ」。

「♪そんな目をして私を見ないで　女一人生きていくのも　悪かないわー」

これはそのまんま過ぎて、歌詞を変えようがない。


淡路島では、かなりの人数になる。

高校時代の学級委員の橋爪くんが、行く前にみんなに指示を出す。

「あきませんよ。ベタはあきませんよ。オヤジギャグも止めてくださいよ。こじゃれたおもろいオヤジでいってくださいよ。頼みますよ」

そう言って、ウーロン茶六杯で暴れるのである。

そういえば、酒を飲まないヤツもけっこういる。飲まなくてもお立ち台で踊れる、大丈夫なオヤジが多いのである。

しらけてるヤツ、しけてるヤツはお呼びじゃない。

真剣に歌うヤツもダメだ。

カラオケでは、アホになれ。アホになって、みんなを楽しませるのだ。

「Ｌｏｖｅ　Ａｆｆａｉｒ」をどんな替え歌にするか、ぼくは真剣に考えている。

本願寺クレイジーライダース

ぼくはなんの宗教にも入信していないが、勝手に仲間と宗教団体をつくっている。

名前は、本願寺クレイジーライダース。

先日、居酒屋で修行の会をしようとしていたら、仲間が「本願寺クレイジーライダース」で予約を入れていた。そこまでしてはいけないとぼくは思ったが、仲間は店の人に「宗教関係の方ですか?」と聞かれ「……えっ。いちおう……」と、びくびく答えていた。

入信資格は、本願寺系の高校を出たヤツ、ということになっている。京都なら四つ。大谷、平安、女子校が二つ。しかし、ぼくが出た大谷高校は東本願寺派であるが、平安は西本願寺派なのである。

そこをどっちでもエエ、と言えるところが、この団体のより仏に近い心のあるところだ。

わが宗教は親鸞上人の八番目の弟子、インラン上人を教祖としている。

であるからして、経典はシモネタばかりである。ここにはとても書けない。

経典は、居酒屋で読み継がれている。

真面目な教えもいくつかあって、この本の最後に特別にまとめたので、手元に置いて、日々唱えていただきたいと思う。


今、信者は五人だ。

代表は、元学級委員の橋爪くん。

お酒をまったく飲まない。卒業して三十年、いまだに友だちに対して半分敬語でしゃべる。だが、ウーロン茶三杯を超えると、ちょっと酔ってくる。ミナミのクラブのお立ち台でも踊れるし、カラオケボックスでもキレたように立ち上がり、シモネタを歌い倒せるようになる。

副代表、染物屋の堤くん。

伝統工芸師だが、夜、お酒を五杯飲むと、エロのスイッチが入るのだ。

頭は皮膚病のイヌのようだ。それをぼくが突っ込むと、反論する。

「ぼくは、高校時代から、こんな頭になるのが夢やったんや。やっと三十年たって完成した。希望を言うと、もう少し抜けるのがベストや」

そこまで言われると、誰も突っ込めない。すごい男である。

「ぼくら染物業界で、四十八歳はまだまだションベン小僧です。今までが修行です。もっといい着物を染められるようになるんだす」

と、厳しい業界なのに、ひと言も泣き言を言わず、前向きなのだ。

堤くんの嫁はんも、ものすごう平和である。穏やかで、昭和三十年代のような人だ。ぼくたちは「三丁目の夕日」と呼んでいる。「三丁目の夕日」そっくりなのだ。

消防士のヤッコさん。

介護の仕事をしている谷くん。

みんな、私生活を真面目に送る、優秀な信者である。

しかし、本願寺クレイジーライダースは、布教のため、ときどき、若い女の子たちと飲むこともある。

そういうときにしてはいけないことは「おやじトーク」である。

若い女の子がゲラゲラ笑うトークをすることも、大切な布教活動の一歩なのである。

「全然問題ないです」が、あいつの口癖やった

ずっと、写真をもっている。

久高友雄《くだかともお》。三十六歳で亡くなった、プロのサッカー選手の写真だ。

白い歯を見せて、笑っている。

「全然問題ないです!」

それが、口癖だった。

ぼくの人生で、友だちが死んだなかでも、彼の死はもっともショッキングだった。普通、人が死んだら、どんどん忘れていくものだと思うけれど、ぼくはなぜかずっと思っている。

あいつが、いたらなあ。

いつも、ちょっと時間ができたとき、何気なく、こう電話した。

「今、何してんの?」

「紳助さんこそ何してんですか……。あ、ほんなら行きますわ」

そうやって、いっしょにおったのになあと。

今、ぼくは嫁さんとまた街中へ移り住んで、田舎の家はたまに行くくらいにしている。娘たちがだんだん巣立っていくと、ぼくら夫婦だけでは、あの家は広すぎるようになってしまいそうだ。

新しい家は、久高の家と近い。彼とはサッカー選手のなかでいちばん仲がよかったし、六年間くらい、弟みたいに濃い付き合いをしたから、いまだにうちの家族とも交流がある。

久高の嫁さんは、ぼくがいないときも、うちの嫁さんを訪ねて遊びにくることがある。中学二年生になった、彼の息子を連れて。

うちの嫁さんに、聞いた。

「……どんな子やねん?」

「そっくりやわ。……落ち着きがのうて」

ぼくらはちょっと笑って、話をそらした。

……こんな悲しみかた、さすなよ。オレはおまえがいたらなあって、ずっと思ってるねんから。

ぼくは、もうあいつの番号のない、携帯電話を机にゆっくり置く。

久高と知り合ったのは、Jリーグが始まる、一年くらい前のことだった。

Jリーグ、Jリーグと騒がれ始めた頃、ぼくはまったく興味がもてなくて、大嫌いやと思っていた。

が、始まってみると、どう考えてもサッカーは盛り上がるということがわかった。テレビで仕事をしている人間として、これは自分は拒否してはいけない、受け入れないといけない、という気持ちになった。しゃべりのプロとして、嫌いではすまないものを感じたのだ。

それで、始まる一年ぐらい前に、京都の田辺にあるガンバ大阪の練習場へ、見に行ったのだった。サッカーとはどんなものなのか。どんな運動なのか。どんな感じなのか。本を読んだってわからない。現場を見ないとと思い、練習場へは二回出かけた。

ネット裏で、動くサッカー選手たちを見ていた。子どものように走り回り、ボールを蹴る、大人たちを。

向こうの人がぼくを見つけて「中へ入って見てください」と誘ってくれた。

グランドの近くへ行くと、面識のあった永島選手が声をかけてくれた。

「……また今度、ご飯食べに行きましょうよ」

本当にご飯を食べに行きだして、永島くんの一年先輩の久高友雄という選手と、仲良くなった。

永島くんとも仲がいいが、久高はぼくのことを、なぜだか兄貴のように慕ってくれたのだった。

それから、よくいっしょに時間を過ごすようになった。


久高はJリーグになったガンバに二年ほどいた。

そして、解雇になった。

翌年からセレッソへ行くことになったのだが、ガンバを解雇されたときは、何も決まっていなかった。十月頃、解雇が発表され、そのまま、ガンバでの残りの試合に出るのだった。ぼくは「解雇した人間をなんで試合に出すねん」と、ちょっと憤りを感じた。

彼が大阪で解雇を宣告された日、ぼくは東京にいた。

「……クビになったんですよ……。クビになったんですよ……」

　雨のなかで泣きながら、久高はぼくのケータイに電話してきた。

「どこにいるねん？」

「梅田近辺です」

　歩いている感じだった。どしゃぶりの雨のなかを。傘もささずに。

「おまえ、大丈夫か。びしょびしょやろ……」

「……はい」

「しゃあないやんけ。いつか、クビになんのやから。プロのスポーツ選手がクビになるのは当たり前やから、受け止めな、しゃあないぞ。次、どうやって生きるか、ちゃんと考えろよ。ええか、しゃあないねんからな……」

「……はい」

　フラフラになっているようだった。久高を子どものように泣かせていたのは「プロのサッカー選手でなくなる」ということではなかったように思う。大好きなサッカーができなくなる。命より大切なサッカーを取り上げられる。子どもの頃から、近所の植木鉢を割りながら、おっちゃんやおばちゃんをかき分けながら、ひたすら蹴りつづけてきたボールを取り上げられる。

「はよ、ご飯食べなさい」と、お母さんに言われても蹴りつづけたボールを取り上げられる……。サッカーができなくなる……。そういう思いが、せつなくて苦しくて、彼は精神的にフラフラになって、雨のなかを歩いたんだろうと。

でも、夜中まで雨のなかを歩きながらも、次の日、彼は、ガンバの練習場にいた。契約は二か月残っていたのだった。

当然、田辺のグランドでは、みんなが久高の解雇を知っていた。後輩に気を遣われる、暗いムードがあったはずだ。

コーチが、ストレッチ体操を指示していく。

「足首回してー」

そのとき、久高はこんなことを言ってみんなを笑わせたのだという。

「クビーッ、クビーッ」

つい数時間前まで「クビなんです」と泣いていた男の、ギャグ。気持ちを吹っ切っているとはとても思えないのに、彼はみんなの暗いムードをなんとかしようとしたのだった。

そういうヤツだった。

そんな久高が、ガンになったときは、ひと言もそれに触れなかった。

「紳助さん、オレ、ガンちゃいますかね」

そんな言葉はまったく交わさなかった。クビになってあんなに泣いて、それを翌朝、ギャグにできたあいつがそれをギャグにできなかった。そのつらさは、ぼくには理解できないだろう。

理解できないからこそ、ぼくはそれを痛いほどぎゅっと思った。

病気の始まりから終わりまで、とても短かった。

セレッソも二年で辞めて、その後のことだった。思えば、セレッソでの選手生活が終わったとき、彼の人生はほとんど終わっていたのだということになる。

六月の中旬に淡路島へ行った。関西テレビの「紳助の人間まんだら」のロケだった。テニス大会。ボーリング。釣り大会。ほっといても、おもろい仲間たちとの、東京ではあり得ない仕事。

帰ってきて、十日後くらいに、沖縄ロケにも行くことになった。そのとき、久高は妙に行きたがった。

「ぼくも、連れていってくださいよ」

沖縄では、ウェークボード大会で、おおはしゃぎしていた。運動神経がいいヤツでも、なかなか初日には立てなかったりするのに、彼はすぐ立ち上がって、大きく百八十度のターンまで決めた。いっしょに来た石末《いしずえ》選手がとうとう立てなかったのを「おまえ、サッカーでいくらもらってたん?」と岩の上で野次って、ぼくらを笑わせてくれた。

他のメンバーには、どうやら淡路島ロケのときから「おなかの調子が悪い」と言っていたようだ。ぼくには何も言わなかったが、沖縄のときは、最後の夜に「おなか痛いんです」と、ちらっと言った。

「あかんで。病院行かな。帰ってすぐに行けえ」

「……はい」

二泊三日の旅だった。三日目の昼に帰ることになっていたが、久高だけは、朝早い飛行機で、一人で帰った。

どんな痛みを抱えて、あいつは一人、飛行機に乗ったのだろう。

朝、起きると、ドアの下の隙間のところに、彼からの長い長い手紙が入っていた。プロデューサーの松本さんのところにも、入っていたという。

「松本さんとこにも？」

「ああ。律儀なやっちゃな……」

「ありがとうございました。先に帰ります……」そんなんじゃなかった。もっともっと、長い長い、ぼくらへの感謝と、楽しかった思い出と……。いろんなことを書いた手紙だった。ぼくらは、まさかそれが、彼の最後の手紙になるとも思わず、読んでから、捨てて、大阪へ帰ったのだった。

今ぼくは、あの手紙を、もう一度読みたい。

久高は大阪へ戻って六日後に、やっと病院へ行ったらしかった。

その結果については、久高の嫁さんに聞いたと思う。

レントゲンを撮ったら、影が見つかった。

すぐに開腹手術をしたら、もう砂をまいたように、ガンが散らばっていたのだ、と。

どこが出火元なのか、わからない火事のような状態だったらしい。おそらく最初は、胃か膵臓だろうということしかわからない。

それでそのまま、何もせずにおなかを閉じたのだそうだ。

……そのことを聞いたのも「人間まんだら」の京都ロケの最中だった。移動のロケバスのなかで、号泣するしかなかった。ロケできんのか、オレ、というくらい泣いた。

「あと三か月なんです」

奥さんの声が、耳の奥に、ころん、としこるように、ずっと残った。

久高がガン？

死ぬんか、あいつ。

「全然問題ないです！」って、口癖やったやんけ。

ぼくは考えた。

あんまりしょっちゅう会いに行くのも不自然だ。誰ぞ行ってやってくれ、自然に会えるヤツは……。

そんな気持ちだった。忙しいとわかっているぼくが、しょっちゅう行くと、彼はヘンに思うだろう。幸い、彼の入院している病院は、関西テレビの近くの北野病院というところだった。

「人間まんだら」のスタジオ収録の前に行ったら自然だと思い、週一回、会いにいくことにした。

本人には「腸閉塞」だと告げられていた。それは、過去にぼくも三度手術して死線をさまよったことがある病名だった。

「紳助さんと、いっしょですわ」

「そうやな、いっしょやな……」

何か説明しなければいけない。

「もういっぺん、切らなあかんことになるやろな。腸閉塞は、もういっぺん切る確率が高いで」

「ええっ、もういっぺん、ですかあ？」

「オレなんか、三回、切ってんで……」

この先、どんな手術をするかわからないと思い、何回切っても怪しまれないようにと、ぼくはそんな話をした。

毎週、行っていた間は、かなり平気だった。

「もう退屈ですわあ」

そう言う彼を見ていると「あと三か月」なんてウソじゃないか、いやウソであってほしいと思わずにいられなかった。

病室を出て、病院からテレビ局までの二百メートルくらいの公園のなかの帰り道で、涙が止まらなかった。

……あいつが、もう何か月かで、この世からおらんようになるなんて、信じられるかあ！

……なんでやねん。今、おるやないか。今、しゃべったやないか。今、おるんやから、誰か、なんとかならんのか。なんとか、してやれんのか。なんとか！

そういう怒涛のような思いのあとに、ふっと静かな気持ちにもなった。

……なんともならんもんが、この世にはあるねんな。

生きてる間に、あんなにいっしょにいた間に、なんともできなかったことが、あるんだと。

その後、処置のために転院した頃から、体重がゴンゴン落ち出した。

六十キロ台が、五十キロ台になり、そして……。

最後の一か月に、なろうとしていた。

ぼくはなるべく、一人では病室に行かないようにしていた。というか、行くことができなかったのだと思う。

ドアを開けるのに、根性がいった。

白い病室のドアが、まるで鉄の塊のように重く感じられた。どんな顔をして、開けたらいいんだろう。自分の、顔をつくろうとがんばった。
三、二、一……で、ドアを開ける。
「おう」

「……ああ、すんません」

精一杯力を振り絞って、久高は元気を出そうとしているようだった。

そこから先の、言葉が出ない。

いつものようにベッドの脇に座って、彼を見た。

痩せた。痩せてくると、人間は、手足が大きく見える。手と足の大きさは、体重では変化しないからだろう。

でも、そんなことは言えない。そんなことはおろか、病気のことは一切口にしない。NGワードが多すぎるからだ。

テレビをつけたり、週刊誌をパラパラめくったり。でも、ぼくは、見ていないし、読んでいない。

早くよくなれよ、という普通の見舞い言葉すら、ごくりと飲み込むしかない。

久高はと言えば、ボーっと、窓の外を見ている。でも、見ていない。

会話から病気の話題がなくなった段階で、彼は自分の病気が普通の病気でないことをわかっていたかもしれない。

もう「腸閉塞」だともぼくは言わなかったし、彼も言わなくなっていた。

病室の空気は完全によどんで、一秒が十秒に感じられた。

会話もなく、早くよくなれとも言えない、病室。

ぼくは限界がくると「ちょっと煙草吸ってくるわ」と言って、外へ吸いに行く。外に煙草を吸いに行ってる時間がいちばんホッとする。でも、お見舞いに来ているのだから、また病室に戻る。

気持ち的には一分で帰りたいくらい息苦しいけれど、三十分はいないと、と思う。

苦しい苦しい、三十分。

「……仕事やし、また来るわ」

「すんませーん、忙しいのにー」

でも、そんな状況も、数回だった。

やがて、脳以外は全部やられていった。肺に血が溜まり、息ができなくなるので、肺に穴を開けて、そこから血を出していた。そうすると出血の量が多くなるので、また腕から輸血もしている。横になると、肺のなかに血が上がってきてしまうから、ベッドの上に座っていないといけない……。

そんな、壮絶な状態だった。

はぐれた侍みたいに座って、目の玉が動くだけ。その日は、しゃべりかけても聞こえなくなっていた。「痛みがすごいはずだ」と医者は言った。

奥さんとお父さんと、ぼくは廊下に出て「痛みだけは避けよう。痛み止めを打ってもらおう」と話し合った。病室に戻って、ぼくは言った。

「あんな、久高。痛み止めは打っても問題ないで。ぼくも手術したとき、いっぱい打ってもろたで。悪くならへんから。痛かったら、打ってもらおうや。だいぶ楽になるから。ちょっとの時間でも、楽になるから、な」

久高はまだ動いたのかと思うほど、かすかに手を動かした。ナースコールを探そうとしているのだと、ぼくは気づいて、渡したら、それを押した。

「痛み止め打ってもらうぞ」

「……はい」

消え入るような声だった。

看護婦さんが来て、痛み止めを打ってくれた。でも、もう効いていないかもしれない、ということだった。モルヒネも、効かないほどの痛みだった。

「……タ……」

「なんや?」

「……タ……バ……コ」

もはや食べることも飲むこともできない彼に、ぼくは煙草を吸わせた。ぼろぼろの涙で、手元がにじんだ。

「がんばろな。がんばろな」

振り絞ってぼくが言うと、久高は足を動かした。元気になって、サッカーをしようと言っているんだと思った。

「ああ、サッカーしような」

「……はい。サッカーしましょ」
「元気になって、もう一回サッカーしような」
「……がんばります」

その言葉を耳に刻んで、ぼくは病室を出た。

呼ばれたのは、その夜だった。

病院の待合室には、友だちや、当時のサッカー選手の仲間たちが、二十人ほど集まっていた。

ぼくはもう、とても病室には入ることができなかった。

夜中に、ただ、ロビーで待っていた。

意味もなく。意味？ 待っているって、何を待ってるねん。「亡くなりました」という言葉を？

「まだかい」と？

「久高が死ぬ」ことを待っているんだと思うと、ぼくは耐えられなくなって、三時頃に帰った。何人かは帰り、永島くんたちは、病室にいた。

久高は、その朝、死んだ。

亡くなる四十分前まで、意識があったのだと、後で聞いた。奥さんにしがみついて「帰りたい」と言ったのだという。

でも、彼が家に帰ってきたのは、もう、亡骸として、だった。

ぼくは彼の家に駆けつけたが、そこに寝ている彼を見ても、もう悲しくはなかった。亡骸って、こういうことだと思った。これはもう、彼じゃない。抜け殻や。久高は、今朝、どこかに行ってしまったんや。これは、エンジンが抜けた、乗り物のボディとおんなじやないか。

それは、今までの親戚のお通夜などで感じた気持ちとは、まったく違うものだった。棺桶のなかに寝かされる親戚のオッチャンを見たときは、じーんとなったり、思い出してうっと思う瞬間があったのに、久高の亡骸を見ても、どうしても久高とは思えなかったのだ。

「お線香、あげたって」

誰かに言われて、はじめて、ぼくは手を合わせなくては、と思った。

久高が亡くなってもう時間が経つのに、ぼくはお墓参りにも行くことができずにいる。

一人では行けないから、誰かに行こうとは誘うのだが、まだ現実になっていない。

そんなぼくに、久高の最期を看取った永島くんが言ってくれた。

「紳助さん。あいつは、もう亡くなったんですから。後ろ見ていたらダメです。生きてるもんは、前を見るだけですから。あまり深く悲しまないほうがいいですよ」

しっかりしたやっちゃなあ、とぼくは思った。

「大丈夫や。わかってる」

そう、ぼくは、わかってる。久高はもう、死んだんだと。

だから、毎日、写真をもってる。

だから、あいつには、ヒマでも、もう電話できない。

彼の死は、ぼくの人生において、もっともリアルなことだったのだ。


あれから、決めたことがある。

もし、ぼくがガンになって「あと三か月です」と宣告されたら、ぼくは誰とも会わない。

嫁とだけ、会う。

「おまえ以外は、全員、面会謝絶や」

「なんでなん?」

嫁は、怪訝な顔で聞いた。

「来る人間が、もうじき死ぬというオレに、どんな顔をして病室入ったらエエんやろうって、悩むやろ」

ぼくは、あのときのぼくを思い出すのだ。あの重い重いドアを。あの長い長い一秒を。

そんな気持ちで入ってくる見舞い客に、ぼくはどんな顔をすればいいのか、どんな言葉を言えばいいのか、わからない。「オレ、ガンやねん。もう、長ないねん」なんて、とてもじゃないけど、言えるわけがない。

あいつと……久高と同じように、黙ってしまうだろう。

みんながまた、かける言葉をいくつ探しても見つからずに黙ってしまう。

そんなきついムードには耐えられない。

だから、自分はもう三か月と言われたら、絶対に誰にも会わない。嫁だけや。

娘たちが言った。

「私らにも、会わへんの?」

「オレの気持ちとしては、おまえらにも、会いたくない」

「子どもやのに、なんで?」

納得できない顔の娘たちの空気をうれしく思いながら、ぼくは心のなかで答える。

「……未練が残るやろ」

そして、説明だけをする。

「たとえば、オレが東京に行ってる間は、おまえらのこと、リアルに思い出すことはない。会わへんから。でも、毎日会うと、リアルに毎日いるものやと思う。病室に入って、ずーっと会わへんかったら、おまえらどうしてんのかなと思いながらも、その思いは、東京に行ってる間みたいに、リアルじゃない。毎日、病室へ来て悲しい顔を見たら、どうするのやろうという思いが重いやろ。おまえらがどうしても会いたいと言ったら、拒否はできないけど、オレの希望としては会いたくない」

死は重い。

死は、リアルなのだ。

三十六歳の若さで、いっしょにサッカーしていた男が、三か月後に亡くなったことで、ぼくは、それを知った。

あいつが病室にいて、隣に座っていたとき、ぼくたちはひと言も言葉を発することがなかったけれど、心でいっぱい話しかけて、いっぱい答えたからだと、今、ぼくは思う。

第4章　そこそこの人生

君は若い頃、吉田松陰に会ったことがあるか

中学三年生の頃。ぼくはまだ、芸能人になるとは思っていなかった。

普通の、いやちょっとワルい、ちょっとさびしがりやの、中三の少年だったと思う。

その年頃の子どもがよくやるように、ぼくも、友だちの家にたまっていた。

いつも、レコードで音楽がかかっていた。ぼくは音楽にまったく興味がなかったから「うるさいなあ」と思っていた。

「悲しき鉄道員」、「コンドルは飛んでいく」……。意味もわからない、英語の歌。

喫茶店でも、当時はジュークボックスで音楽が流れていた。

誰が入れたんやろう……「ナオミの夢」。

ぼくは、音楽より、人の声が好きだった。会話が、好きだった。

中学の卒業式を待つばかりのある日、お寿司屋の野口という女の子としゃべっていたら、

「長谷川くん、こんな歌はやってるの、知ってるぅ?」

といって、はやりかけの歌を教えてくれた。

「花嫁」。はしだのりひことクライマックス。

その時期は、確か、そうだったはずだ。フォーク・クルセダーズ、『風』がヒットしたときのシューベルツ、そして、クライマックス。

「風」の作詞をした北山修さんは、精神科医という肩書きをもちつつ、ミュージシャンをやっている人だった。当時の、カリスマという感じだった。

音楽に興味はないと思っていたぼくも、いい歌だなあ、と思った。

二十一歳の頃。ぼくは、芸能人になった。紳助・竜助として、漫才デビューしたのだった。

ラジオでレギュラー番組をもつようになった。今までは聴いていたラジオで、今度はしゃべることになったのだ。

あの北山修さんと会うことになった。音楽に興味のなかったぼくにも「エエ曲やあ」という感動をいっぱい与えてくれた人。ぼくは「すっごい有名人や」と、緊張した。まるで、幕末の下級武士が、吉田松陰に会うような気持ちだった。

今思えば、当時の北山さんはまだ三十代だったはずだが、ものすごく大人だった。

ぼくは、自分の人生や青春について、問いかけた。

「北山さん、ぼくは、思いっきりやっているんでしょうか。思いっきり生きていると言えるんでしょうか。自分のなかに、満足感があるわけじゃない。でも、満足感を感じたい気持ちはある。それと同時に、いつでも辞めたら……と思いながら、どっかで辞めんとこうと思っている自分もいるんです……。ぼくはニセモノなんじゃないでしょうか」

北山さんは、ゆっくりおっしゃった。

「学生運動が終わって十年くらい経つけれども……。あの学生運動でね、何万人の学生が、機動隊に向かって石を投げた。でも、百パーセントの満足感をもったのは、いちばん前で投げてたヤツだけでしょう。真ん中や後ろにいたヤツは、やっぱり自分がどっか守りに入っている。いつでも逃げられる、捕まらない位置にいたい。心のなかでは、参加しているけれど、百パーセントじゃないという思いがある。百パーセントは最前列にいるヤツだけ。二番目にいる人間はもう、九十九パーセントの満足感。残りの一パーセントで『もし、最前列のこいつが捕まったら、逃げよう』という思いがあったんと違うかな。だから、そんなことはあまり考える必要はない。とりあえず、君が今『自分はニセモノなんじゃないか』と、疑問をもった。そういう気持ちをもつことが大切なんやないかな。いちばん前でなくても、いいんですよ……」

ハハーッ、と土下座したい感じだった。

いつの時代も、いろんな人が、道しるべになってくれる。

上岡龍太郎《かみおかりゅうたろう》さんも、そんな一人だ。

上岡さんが芸能界を引退されるとき、ぼくは、手紙を書いた。

「辞めないでください。上岡さんに辞められたら、ぼくは困るんです。なぜなら、上岡さんは、ぼくにとって、芸能生活のなかで、いつも道しるべだったからです。道を曲がったとき、どっちへいけばいいんだろうと迷ったら、上岡さんが「こっちだよ」と、正しい道を教えてくれました。すごく信頼できる答えでした。その上岡さんがいなくなったら、ぼくはどうしたらいいんですか。ぼくは、困ってしまうじゃないですか……」

そんな内容だった。

返事は来なかった。でも、しばらくして、上岡さんに、偶然、会った。

黙って頭を下げたぼくに、上岡さんは言った。

「……何を言うてんねん。君はもう、ぼくより前を歩いてんねんで」

ぼくは、ほほ笑んでそういう上岡さんをじっと見た。上岡さんは、もう一回、ゆっくり言ってくれた。

「昔は君に道を教えることができたかもしれんけど、何を言うてんねんな、君は。君はもう、ぼくのずいぶん前を歩いてるやないか。もう、道しるべはいらん」

ぼくは、素直にその言葉をもらった。

いつだったか、浜村淳《はまむらじゅん》さんがまだ四十代だった頃に、若かったぼくは、ほめ言葉のつもりで上岡さんに言ったことがあった。

「上岡さん、あと二十年たったら浜村さんみたいにしゃべれるでしょう」

すると、上岡さんは言った。

「紳助くん、それは無理や。浜村さんは、二十歳のときから、あのしゃべりやで」

確かに、四十八歳になった今、その言葉がわかる。ぼくのしゃべりはある程度熟練はしたのかもしれないけれど、二十歳のときから、人とは違っていたのだ。

厳しい言い方だが、努力でできることと、できないことがある。上岡さんは、それをとてもすっぱりと言える人だった。

認める人は認めるし、認めない人のことはクソミソに言ったが、それは、相手を否定するのとは違った。自分の考え、自分の判断を変えないという、頑ななまでのスタイルだったのだ。

辞めてからの上岡さんに会った。

「辞めたら最高や。こんな楽しい毎日があるとは思わなかった」

「退屈でしょ?」

「何が退屈やねん。観たい映画があったり、観たい芝居があったり、ゴルフに行かなあかんかったり、もうわしは大変や」

自分の蓄えたお金で、八十いくつまで生きることを想定して、使い切る。

「無駄な金なんか、いらんよ」

ぼくのように、投資して増やそうとかいう気持ちはまったくない。ストイックって、こういうことかと思う。

でも、ぼく自身の本音を言うならば、上岡さんは、辞めるべきではなかった、と思う。

完全なリタイアではなく、セミリタイアくらいにしておいて、やりたいときに、またやればよかったのだ。番組によっては、ちょっと肩の力が抜けた、いい番組になったと思うのだが。

たぶん、上岡さん自身も、そう思ってるのではないだろうか。「しまったなあ」と。でも、そうは思わないようにと、ふだんから自分に暗示をかけて、生きてしまう。

あの人はそういう人で、あの人だから、そこがかっこいいのだ。

それと、憐れみを受けたくない、というのがあるのだと思う。

年をとったら、レギュラー番組が減っていく。

「あいつ、落ち目になったな」

そう言われることは、上岡さんの美学では絶対に許せないのだ。

自分が老いていく、ボケていく、しゃべりに冴えがなくなる、キレがなくなる、そして、仕事が減る。

そういう終わり方は、上岡美学にはないのだ。だから、人から切られる前に、自分で腹を切る自分でありたい。そういう人なのだ。

上岡さんほど、決めたことを貫くことは、ぼくにはできないだろう。せめて自分で決めたことを、十分の一でもできる人間になるしかない。

もう一人、ぼくにとって、吉田松陰みたいな人がいる。

作家の中部博《なかべひろし》さんだ。

ぼくの青春時代、暴走族の本を書いていらしたり、NHKの「若い広場」で、テレビに出ないと言い続けていた矢沢永吉のインタビューをしたりした、すごい人だった。

中部さんに会ったのは、雑誌の取材だったと思う。それだけだったのに、ぼくにとっては、吉田松陰になってしまったのだ。

そんなに売れっ子作家だったのに、都内で食堂を経営していた父親が倒れたら、あっさりその食堂を継いだ。しかも、自分で皿洗いからやって、何年かして、後継者ができたからということで、また書くことに戻ってきた。

もう十年くらい会っていないが、十二、三年前に、鈴鹿で一瞬、すれ違った。それも、何年ぶりかの出会いだった。

すれ違い様、一分半くらいの会話で、最後にぼくはこんなことを聞いた。

「中部さん。オレはどうしたらいいの?……これから」

何にも躊躇せずに、中部さんは言った。

「自分が、何をやりたいか、だよー」

じゃあ、と去っていく背中に、ぼくは誓った。

これからの人生は、自分で何がしたいのか、をテーマにしていくんだと。

これを読んでくれているあなたは、いったい何歳だろう。

何歳でもかまわない。ぼくは、たずねたい。

「君は吉田松陰に会ったことがあるか」

人生の節目節目で、「この人の言うことを聴こう」という人の言葉に出合うこと。

ぼくはそれを道しるべに生きてきた。

でも、芸能界にはもう、道しるべは、ない。

ハンバーグを食べながら

最近、やたらと昔を思い出す。

それも、タレントとして売れる前のことを。

三十歳くらいのときも、そんなことがあった。

当時、島田洋之助師匠のところを離れて、十年くらい経った頃だった。ぼくは紳助・竜助として漫才デビューし、人気者になり、その後、一人でタレントとしてとんとん拍子に歩こうとしていた。そんなある日、突然、すべてが夢のような気がして、夜中に師匠の家をこっそり見に行ったのだった。

ぼくが十八歳から二年間、内弟子をしていた師匠の家は、生駒の山の中腹にあった。

大阪から一時間くらいだけど、奈良県になる生駒山は、上へ行くに従って、すーっと冷気が強くなる。実際、気温も低い。

暗い路地を上っていき、上に道があって、そこをまた少し上がると、お墓があった。お墓の駐車場で車を止めて、歩いて百メートルくらいのところに、やっとこさ、その家があるはずだ。

車を止めて、歩きながら、三十歳のぼくはドキドキしていた。

……オレは今、十八歳なんと違うか。後ろを振り向いたら、師匠がいて「おい、長谷川。早よ行って家開けてくれ」って言われるのとちがうか。

しんしんと、寒い夜のなかを、ぼくは歩いた。

門の向こうに、灯りがついていた。実はもう、その頃は師匠は引っ越していて、その家にはいないのだった。誰か、ぼくがまったく知らない別の人の、別の生活が、別の空間が、そこにあるのだった。

向かいの家は、確か、エノモトさんという家だった。

エエおばあちゃんやったなあ。ご夫婦でいらしたと思う。……その人たちは、まだそこに住んでいるようだった。

あの二年……。

大阪市内の劇場から、生駒の家に帰るまで、弟弟子が、運転をしていた。ぼくが寝そうになると、「寝たらあかんど」と低い声で言われたけど、師匠は、くうっと寝てしまう。起きているのか、寝ているのかよくわからない声で、また「寝たらあかんど」と言う。かたわらのぼくも、眠いけど、必死に目を開けながら、でも、なんか寝ているのか起きているのかわからない感じで、夢を見ていたりしたことがあった。

あのときの感じが、だぶった。

ぼくは今、必死に目を開けながら見ている夢のなかにいるのではないか、と。

「寝たらあかんど」

あの低い、師匠の声が聞こえたら、ぼくは十八歳に戻っていて、この成功なんて、全部消えてしまうのではないか、と。

弟子をしていた若い頃、憧れたものに、大阪の「重亭《じゅうてい》」のハンバーグがあった。大阪・千日前。千日前デパートが火事になり、今はビッグカメラになっている場所の、ちょっと路地を入ったところに、洋食屋・重亭はあった。

高級洋食屋だった。たぶん定食が千円とか、いくらだったか忘れたけれど、とても弟子のぼくらには食べられる値段ではなかった。

そこは、出前をやっていなくて、ぼくら弟子が、師匠の食べるものを注文し、取りに行くのだった。今はもう変わってしまったが、吉本興業のお笑いの桧舞台「なんば花月」の近所だったのである。

「はい、お待たせしました、ハンバーグ定食」

湯気の出ているハンバーグが、おいしそうなソースの匂いをさせながら、おかもちに滑り込む。おなかのすいたぼくらはくんくん匂いをかぎながら、それを運ぶのだった。

洋之助師匠は、それをおいしそうに食べながらも、高齢のせいか、残されることも多かった。ぼくは、残ったハンバーグのかけらをひと口食べるのが楽しみで楽しみで、口に入れると、ものすごく味わって食べた。そして、思った。

いつか、出世して、このハンバーグを食べよう。このハンバーグを食べたら、一人前やと。

きれいになった皿をおかもちに入れて、店に返しにいくときも、ぼくは、一人前になった自分が、重亭で思いっきりハンバーグを食べる姿を思い描いていた。

漫才ブームが来たとき、ぼくは二十三歳くらいだった。

紳助・竜助の漫才は、なんば花月で連日爆笑を呼んでいた（でもなかったが）。

ぼくは、仇のように、重亭のハンバーグを食べた。

自分で行ったりもしたし、ぼくが昔、師匠のためにしたように、若い者に取りに行ってもらったりもした。

その後、漫才ブームは終わり、ぼくらはなんば花月に出なくなって、劇場自体がなくなり、ぼくは、二十数年、そのハンバーグのことを忘れていた。


「あのハンバーグ……」

どうしても食べたいという食欲ではなかった。でも、ここ数年、気になってしかたがなかった。なぜ今、それを思い出すのだろう。

それで、とうとう、長女に付き合《お》うてくれと言って、ミヤウチという花屋の友だちと三人で、重亭に行った。

「ここはもともと、千日前デパートで、その後プランタンになって、ほんでこのビッグカメラや……」

長女が知っているのは、プランタンの終わりくらいからだろう。そのビルに向かって右側の道を百メートルくらい入ったところの左側に、白いのれんがかかっていた。

白地に、重亭、と書いてある。

昔のままだった。うれしかった。

「三十年ぐらい、いっしょやなあ」

そう言いながら中へ入ると、カウンターのなかにコックさんが五人くらいいた。

狭い店で、その規模から考えれば、コックさんは二人がいいところだろうに、五人が五人、自分の仕事を一生懸命しているようだった。

今も、ものすごく繁盛していて、テーブル席で相席するのも当然な感じ。それでもみんな、早く食べたいのである。

幸運にも三人で座ることができたとき、女将さんが奥から出て来られた。女将さんも三十年の年を重ねてきていらっしゃるはずなのに、ぼくも年を取ったせいか、まったくあの頃と変わらないように見えてしまう。

「師匠、お久しぶりですぅ」

話しているうちに、何度も「師匠」「師匠」と呼ばれて、ぼくはなんだか不思議な気分になってきた。

師匠のハンバーグを取りに来ていたぼくが、三十年近く経って、ここへ来て「師匠」と呼ばれている。

すごいタイムスリップしたようだった。

三十年近くも経っているというのに、久しぶりな感じもしなかった。

「おいしいわあ」

長女は感心しきりに食べている。ぼくの、娘が……こんなに大きくなって。

ぼくはまた、十八歳の自分を思う。師匠のハンバーグをおかもちに入れて、のれんをくぐる瞬間。

師匠が残した一切れのハンバーグを口にできた喜び。漫才ブームで、毎日ここのハンバーグを食べた二十三歳の時間……。

一気に、感情がよみがえった。涙が止まらなくなった。

昼の日中に、なんでもないのに、ハンバーグ見ながら、泣く男になってしまった。

「おっとう、泣かんとき」

長女が、笑っているような、たしなめるような、でもぼくの気持ちをわかっていてくれる顔で、そう言った。

「わかってる。わかってる」

全然違うことを考えたらいいのだ。全然違うこと。全然違うこと。

でも、途中から味がわからなくなりながら、食い切って、外へ出た。

芸人でわかってくれそうな……パンチみつおに、メールをした。

「……今、重亭に二十数年ぶりに来た。ハンバーグ食べたら、泣いてしもた」

すぐに返事が来た。思いは、同じだった。

「売れたら食べるという、夢やったもんな。食べ物と音楽は、昔に返してくれるよな」

あの子は、オレや

ほとんど、仕事がメインの人生だと思う。

ぼくだけではない。ほとんどの男が、そうなのではないだろうか。

だけど、ぼくはけっこう、楽しい仕事をしている。よく、一般の人が「あと二週間で彼女とデートできるからがんばろう」とか、「月に一度、家族で近場へ遊びに行くのが楽しみ」とか言っていらっしゃるのを聞くと、えらいなあと思う。ぼく自身は、二～三日に一度、楽しいことがないとダメな、バチ当たりだからだ。

その辺をぶらっとしていては、とても会えないような、きれいな女のコが、芸能界にはいっぱいいる。別に恋愛とかでなくても、番組を仕切る立場のぼくと、気軽にご飯を食べてくれる。

たとえば、辺見えみり。ちょっと仕事でトラブルがあって、体調も悪かったときに、えみりとご飯を食べにいった。

「元気出してくださいよー」

きらきらした、まつげの長い瞳で彼女が言う。

「ごめん、ごめん。えみりといっしょにメシ食って、へこんでいるオレは贅沢やもんな。すまんのお」

「……そんなことないですよぉ」

しかし、次第に間がもたなくなって、えみりは言った。

「友だち呼んでいいですか？」

「……」

それも失礼な話やんけ……と思いつつ、うなずくぼくがいる。


平日、大阪で休みをとる。このところ、田舎の家にいるよりも、街中の家にいることが増えた。

真ん中の娘は家を出て、嫁も街中が便利でいいという。年齢的にも、草むしりばかりしているのはきついのだろう。ぼく自身も「やっぱりオレの田舎暮らしは『えせ』くらいやで」と、実感している。

だが、街にいつづけると、今度は自然が恋しくなることもある。人間は、なんて勝手や。

このあいだ、休みの日に中之島の大川の向こうを走っていた。大阪以外の人に説明すると、中之島というところは、大阪市の役所が集まっているような場所だ。淀川の支流にはさまれた中州のようになっている。戦前の古い建物も少し残っていて、なかなか風情がある。

午前中、十一時頃だったと思う。

ぼくが走っていると、川べりを散歩する親子の姿が見えた。二十七～八歳の母親と、二～三歳の男の子だった。

あの子は、何歳なんやろう。

ひょっとしたら、まだ一歳くらいなのかもしれない。

走ってくるぼくに気づいたお母さんは、一瞬目を合わせて、また川のほうを見ていた。

ぼくは、子どもを見た。目があって、そのまま、そらせなくなった。

じーっと、ぼくを見ている。ぼくも、じーっと子どもを見ている。

本来、ぼくは子どもが嫌いだ。誰かのそんな歌があったけど、子どもはうるさいし、自分勝手にぎゃあぎゃあ言うし、言うことを聞かない。自分の子どもは好きだけど、他人の子どもが嫌いなのだ。

友だちにだって、騒ぎそうな年齢の子どもは「なるべくうちの家には連れてこんといてくれ」と言うくらいだ。

でも、その子は違った。

懐かしいくらいの感じで、ぼくを見ていた。ずーっと、ものすごく、目が合っていた。横をとおり過ぎていくときも、ずーっと、見ていた。

そのとき、ぼくは思った。

そうか。あの子は、オレや……。

死んでからあの子に生まれ変わるんやなく、生きてる今も、来世を見たような気持ちだった。

その子のお母さんが気をつかって、何とか子どもの注意をぼくからそらそうとしていたけど、それでも見ていた。ぼくは、振り向きながら、走った。

戻ろうかな、声をかけようかな、と思いながら、その唐突さに、ぼく自身がためらった。

そんなことは、生まれて初めてだった。

同じコースをもう一回、走ってみよう。

あの子が、また同じところを散歩しているかもしれないから。

そして、もしもう一度会えたら、言おうと思う。

「お母さん、この子、ぼくですわ……」

まんまんちゃんが、見てはる

この頃、ニュースがどんどん、いやあな感じになっている気がする。いやなニュースは昔からあったけど、その質が、どんどん陰湿になっていってる気がするのだ。

たとえば、農業の人が一生懸命つくったブドウやさくらんぼを、盗むという事件だ。目の前に金があって、それをもっていくのは、まだ盗みやすい気がする。金は、金だから。だけど、半年もの間、誰かが汗水たらして、きちんと生活して、一生懸命育てたさくらんぼを、盗むというのはどういうことだろう。その苦労がまったく見えない人間が、出来上がっているということなんだろうか。

田舎の道でかごに入れた野菜を百円で売っているのも、盗むのは大人だという。クソがきがやるなら許そう。小学生、中学生が、やってしまった出来心なら、まだ叱ればいいことだ。それを、大人がするのである。

畑からものを盗むのと同じくらい、悪いことではないか。

見ていないから盗《と》れるのはわかる。盗ったらトクかもしれない。

でも、三百円分盗って、三百円分以上、イヤな気持ちになるのが普通ではないだろうか。

時々「百円野菜」のそばに汚れた鏡が置いてあることがある。

「盗るヤツは自分の顔を見てみろ」

そんな意味ではないかと思う。

もっとイヤなことに……。自分の顔を見ながらも、盗るヤツがいる世の中なのである。


ぼくらが子どもの頃は、仏壇が怖かった。

おじいちゃん、おばあちゃんから、「まんまんちゃんが見てはるでえ」と言われていたからである。

仏壇には「仏となったご先祖様＝まんまんちゃん」がいて、ぼくらを見守ってくださっている。見守るというのは、大事にしてくださるだけではなく、悪いことをしたら、バチを当てられる。

「ここに座り。まんまんちゃんに、謝りなさい」

悪さをすると、そう言われたものだ。

くそう、どこで見てはんねん……と、悪さがバレたぼくは仏壇を見据えて、

「……ごめんなさい。もうしません」

と、手を合わせるのだった。


日本にまんまんちゃんを恐れる人は少なくなったが、代わりに、気がつくと、ぼくの周囲には、創価学会の知り合いがいっぱいいる。

みんな、やさしい。しかも、自分のことだけを考えているのではなく、他人のことを自分のことのように考えているのだ。他人の痛みを、自分の痛みのように考えているというのだ。それはすごいなあと思う。

日本国民全員が、平和のために、創価学会員になるべきかもしれないと思う。

……ただし、ぼく以外。

ぼくは、ちょっと、お世話になろうとは思わない。

朝の勤行などつらいし、だいたい、わたしが教祖なのだから。

この前、嫁さんと屋久島へ行ったら、海辺に温泉が湧いていて、一日五時間くらい、干潮時に入ることができるということだった。

そこにも「百円野菜」のように、ポストみたいな缶カンが置いてあって、入った人が百円入れるようになっていた。

ぼくは、誰も入れないいんやろうなあと思いながら、入ったので、百円入れた。

「私は入ってないから、いいよね」

そういう嫁に、ぼくはきっぱり夫として言った。

「アホ。おまえも、足つけたから、入れておけ」

まんまんちゃん見てはるぞ……。

心のなかで、ぼくはつぶやく。

心のなかに、ぼくの神はいる。

それでエエやん、と思う。

ぼくは今、どこにいる

二年くらい前の夏、おかんとおやじを連れて、おかんの故郷である、岐阜県垂井町に行った。

この町のことは『えせ田舎暮らし』という本にも書いたが、ぼくより一歳上と二歳上のにいちゃんがいて、いつもＶＩＰ待遇で遊んでくれていたので、ぼくは田舎というものが好きになったのである。

一泊だけ泊まるちっちゃい旅だった。

おかんとおやじを車から降ろし、ぼくは、出迎えてくれたひとつ上の従兄弟のテルちゃんと、昔遊んだところを見に行こう、ともう一度、エンジンをかけた。

あの頃、小高い丘を自転車で登っていったところに、大きな池があったのだった。にごり池、である。

「今は、そばまで、車で行けるのや」

「そうなんや」

ぼくは、島田紳助ではなく、長谷川公彦に戻っていた。

にご池は、やっぱり大きかった。子どもの頃は、池というよりも、湖みたいな感覚があった。水がザーッと流れるコンクリートの斜面があって、あの頃は怖かった。そこは、大人のぼくが見ても、かなり大きかったが、あの頃ほどの怖さはなかった。

「川伝いに降りていって、魚とかドジョウ、よう取ったよなあ。もう、ドジョウとか、いてへんやろ?」

「いや、いるよ。……きっといるよ」

テルちゃんの言葉がうれしく響いて、ぼくはくらくらっとする感じで、子どもの気持ちに戻っていった。

田んぼの横の八十センチくらいの川のあたりをのぞき込むと、ドジョウはいた。

「捕まえたいなあ」

「やるか」

四十六歳と四十七歳の少年は、夕方の四時頃に網と桶を買いに行った。

車で再び川に戻り、やや夕方の光になってきた、それでもうっすら暑い空気のなかで、ドジョウを捕まえにかかった。

ズボンをたくし上げ、袖をまくり上げて、ぼくらは川に入る。

一匹だけ捕まえて感傷に浸りたいのではなく、心は「いっぱい取りたい」気分だ。

順番に、真剣にとっていく。川下からずっと取っていくと、だんだん上に逃げていくから、ぼくはテルちゃんに叫ぶ。

「テルちゃん、そっち、逃げた！」

「わかった」

「そこ、一匹いるど」

「公彦くん、そっちにもおるで」

「え、ほんま？　濁ってて見えへん」

その会話は、十歳のぼくと十一歳のテルちゃんの会話と同じだった。

ずっと、下を見ていたから、お互い、顔を見ていない。

見ているのは、向こうの網。テルちゃんは、ぼくの網。

三十センチくらいの深さの川と、ぼくらが歩き回った泥で濁った川面と、ドジョウ。

真剣に追いかけている。純粋にドジョウを捕まえるしかない時間。

うつむいて、声だけが会話している。

延々と、そんな時間が一時間くらい過ぎた。

ふと、顔あげてびっくりした。

そこには、四十七歳の、にいちゃんがいたから。「おっちゃん、何やってんの?」と言いたいけど、ぼくも四十六歳のおっちゃんだ。

十歳と、十一歳ちゃうがな……。

不思議やなあと思った。当たり前やけど、違うがな、と。

こういうとき、ぼくは、あの頃からずいぶん歩いて来てしまったことを、目の当たりにする。

自分ではずっと同じ気持ちで生きてきたつもりなのに、違う場所に生きている。遠い遠い場所に来てしまっていて、こんな年になってしまった。

長女は、このあいだ、二十三歳になった。

誕生日を家族で祝いながら、二十三年前を思い出した。

「おまえが生まれそうで『この仕事終わったら、京都の病院にすぐ行かなあかんねん』って言ってたのは、ちょっと前のような気がするねんけどなあ。びっくりやなあ」

嫁さんは娘にちらし寿司でケーキをつくってやり、マグカップだなんだとプレゼントは日常、使いそうなものをあげたという。

ぼくも、プレゼントを用意していた。

「はい、プレゼント」

「開けてええ?」

「うん」

娘が包装紙を開けると、なかからうどんの鉢と茶碗が出てきた。

「おまえ、うどんばっかり食べてたから。茶碗もでっかいのん、いるやろ」

娘は笑い顔なのか、情けない顔なのかわからない顔で、ため息まじりに言った。

「二十三の誕生日に、茶碗もらうとは思わんかったわ」

ぼくは、ふと思い出した。

「二十三か。おまえの母親は、もう子ども産んどったんやもんな」

それを聞いていた娘は、きっぱり言った。

「ありがとう。……でも、私、もうエエわ。来年からナシにしてくれへん、誕生日は。友だちに言われたわ。二十三になって家族に祝《いお》うてもろてるって、それはあんまりやろ、って」

ぼくも、それは心の底で思っていただけに、すぐ賛成した。

「ほんまやな。彼氏、つくれよ。家族で二十三歳を祝ってもらうっていうのは、オレもどうかなと思うで」

そろそろ、ぼくの家族も、あまり干渉し過ぎないほうがいい時期に来ているのかもしれない。

自分だって、そうだった。早く、自分の家庭を作ろうと思っていた。

娘たちも、きっとそうだろう。その家庭が幸せなら、それでいいのだ。

気がつくと、ぼくのおやじも七十八歳ぐらいだろうか。

おかんは七十……推定、七十三歳くらい。

二人が何歳なのか、つい最近まで、正確にわからないでいた。

「死んでから輪切りにして年輪数えなわからん」

そんなギャグを飛ばしていたけれど、このあいだ、誕生日を祝った。

おやじのタミオは、八十歳になったのだった。

死んだおばあちゃんが、息子を「タミさん」と呼んでいたので、こう歌った。

「♪ハッピバースデー　たみさん　ハッピバースデー　たみさん……」

近所で買ったケーキに立てた八本のローソクを、おやじは一気に吹き消した。

「おやじ、幸せやなあ。いいかげんにせえよ。『わしはもうあかん、もうあかん』って、八十やで。ほんでローソク、一息で消せるやんけ。まだまだ大丈夫やな」

でも、心のなかでこう思う。

どう考えても、もうじき死ぬやろう。だから、生きている間にいっぱいしておいてあげよう。

生きている間に、いっぱいしておいてやりたい。だけど「おやじが危篤だからすぐ戻れ」と言われても、ぼくは急いで戻らないと思う。

おやじが元気なときに、毎月来て、あるいは温泉なんかに連れ出して、みんなでご飯食べてわあわあ言う時間が有意義だ。

「……死に目に会えませんでした」

そう言って泣く前に、死に目になったときのおやじが期待をし過ぎないように、ぼくは今、精一杯、親孝行したいのだ。

十五のときから、ぼくはずっと幸せで、ずっとどこか変わらないでいる気がする。

でも、人生はあっという間に過ぎていく。

ぼくは今、どこにいて、どんな顔をしているんだろう。

ちっちゃいちっちゃい不思議な話

ちょっと不思議なことがあった。

家族に言っても「不思議でもなんでもない」と言われるような、ぼくのなかの、不思議な話。

沖縄へ行っていた。石垣島へ入り、西表《いりおもて》島へ行って、また石垣島に戻って帰ってきた。八重山《やえやま》諸島は、沖縄本島から五百キロ離れたところにある。石垣、西表、波照間《はてるま》、与那国《よなぐに》……。

那覇とは海を隔てているのだとはいえ、東京と大阪くらい離れているのだから、言葉も文化も全然違う。

「波照間かあ……今度は、ここに行きたいな」

ぼくは、沖縄に五十回くらい行っているが、波照間島には行ったことがない。人が住んでいる最南端だという、人口六百人くらいのその島に思いを馳せた。

でも、今回は石垣と西表だけ。その旅行で、帰る日の朝に、何気なく、ニュースを見た。イラクで三人の日本人が人質になっていて、安否が気遣われていた。

どのチャンネルを回しても、そのニュースだった。

カチカチ、リモコンを押していると、三十六歳の女性作家が心不全で亡くなった、というニュースが飛び込んできた。

名前すら知らない人だった。

「へーえ、若いのにな」

ニュースは短く終わった。

ぼくはそのまま、車での観光に出て、石垣島から飛行機に乗った。

飛行機に乗ったとたん、いつものように、ぼくは寝入った。しかし、その日の飛行機は、トランジットがあり、ぼくら乗客は一回降ろされて、ガソリンが入れなおされ、もういっぺん、空港から飛び立ったのだった。

二十五分くらい寝た後だった。一度起こされてからまた乗ったので、今度は眠ることができなくなった。大阪の伊丹空港までである。先に寝たぼくが間違いだったか。

「いっぺんに飛んでくれたら、ずっと眠れたのになあ」

そう思いながら、いつもは読むことのない機内誌を手にとった。

そこで、ふと目に止まった文章があった。

波照間島のことが、書いてあった。

ぼくの好きな文章だと思った。

自転車で坂道を降りて、風が自分の髪を風車みたいに回して……。波照間のそばを食べに行った。めちゃめちゃおいしかった。……それだけのことを綴ってあるだけ、けれどきれいな文章だった。

そうか。自転車で島を回って、いつかぼくもこのそばを食べに行こう。この人も、このそばをもういっぺん食べに行きたいと書いていた。

丸一日かけて、数万円の交通費をかけて、一杯五百円のそばを食べる。

その気持ちは、すごくよくわかった。

ぼくは何かを書いている人の名前をほとんど確認したことがないが、そのときは、あんまりきれいな文章だったので、見た。

朝、死んだと報じられていた、女性作家だった。

イラク、イラク、イラク……。そのニュースの間に、一瞬流れた、あの人だったのだ。

ニュースを見て三日たっていたなら、ぼくはもう覚えていなかったと思う。

いつもなら、爆睡するはずだった。

機内誌なんて、読んだことがなかった。

でもぼくは、その人の死によって、その人の文章に出逢えたのだった。


家に帰って、その話を家族にすると、嫁さんが言った。

「鷺沢《さぎさわ》萠《めぐむ》っていう人でしょ。その人、はじめは心不全って言われてたけど、自殺って載ってるよ、夕刊には」

ぼくは、その記事は、読まなかった。

素敵な文章をありがとう。さようなら。

……心のなかで、そう言いながら。

離島に住むひと、通うひと

ぼくの沖縄好きは、いつから始まったのだろう。

初めて行った二十数年前の沖縄本島は、すでに観光地ではあったけれど、リゾート化はされていなかったと思う。

気のきいたリゾートホテルなどというものがなかったのだ。那覇市内のホテルに泊まり、海水浴に行くとか、観光をするとか、そんな島だったのだ。

やがて東シナ海にムーンビーチホテルができた。コンクリート造りの近代的なホテルは大人気になって、予約が三年向こうまで取れないという話だった。

そこから火がついて、数年後に万座ビーチホテルができ、そこに泊まる人々の沖縄への思い入れはピークに達していた。

今とは、人々のエネルギーが違っていた。女の子が八割、男の子が二割。夜中になっても、異様な活気があったのだった。

ぼくらと同じくらいの年の人は、当時二十歳くらいだから、地元の人たちともまったく同じような昔話をする。

「ナンパしほうだいやった」

「女の子おらんか、ちごうて、女の子ばっか」

そんな話だ。女の子も、沖縄に来ると浮かれていたんだと思う。

その後、だんだん、日本の円が強くなって、グアムやプーケットに行くほうが安くなり始めて、沖縄は、若い人たちのものではなくなっていった。

ぼくらが若い頃泊まっていたホテルも、いまや全員家族連れという感じだ。

その後、テロがあったりして、海外渡航自粛ムードが高まった頃から、離島ブームが始まったように思う。

沖縄本島よりもっといいところ。海外じゃないけど、海外みたいなところだと。

十二年前、石垣島と西表島へ行ったときは、素朴だった。

西表島は船が着く場所が二つしかなく、そこに五、六人のグループでたどり着いたぼくたちは、ほんのちょっとしかない日陰で「暑いなあ」と、観光ガイドさんを待っていた。

いったい島に何人いるんだろうという観光ガイドさんは、汚いワゴンでぼくらを案内してくれ、帰りの船までの五、六時間を、長く感じながら、ぼうっとしたものだった。

ところが、このあいだ、行ってみて、驚いた。

西表島に船が到着した瞬間、でかい観光バスがブワーッと並んでいるのである。

ここは京都の清水寺か、と思うほどに、おばちゃんの大群。佃煮のようにおばちゃんがウワーッといるのである。そしてまた、ぼくを見つけて「わあっ、紳助ー」とか言ったりするのだから、なんじゃこりゃ、まったくちゃうやないか、とショックだった。

そこから、何かのテレビのコマーシャルにも使われていた、水牛の牛車が由布島《ゆぶ》まで人を運ぶというのがある。昔は三台ぐらいしかなかったと思うのだが、今やそんなのどかなものではなく、六十台くらいはあった。遠くから見ると、まるで牛車レースのように見えたほどだった。

流れ作業のように、来たら乗せて出発、来たら乗せて出発という、あわただしい繰り返しが見えた。

向こうの島には、小さな動物園と植物園、そしてみやげ物屋があった。ぼくは、子どもの頃育った京都で見た、お寺の駐車場に観光バスが並ぶ状態を思い出した。

なんてことになってしまったんだろう、由布島は。

おい、待ってくれよ。……胸がふさがった。

人のいないところへ行こうと、ぼくと友だちの津田くんは、マングローブへカヌーを漕ぎ出した。

ぼくはその旅行の前の奄美大島旅行で、マングローブへ行って、すごく気持ちがよかったのを思い出したのだった。

西表島のマングローブは、最大なのだという。

「マングローブってなんやねん？」

という、行ってみる前のぼくのような人に説明しておこう。

マングローブとは、木の種類ではなく、海水の川のなかに生きている木々の状態をいう。もともと水位の低い川に海水が流れ込み、潮が満ちて川の水位が変わる。もし、川のサイドの土手の部分が切り立っている場合は、陸の植物が際まで生えるので、マングローブは成立しない。

でも、土手がなだらかに川とつながっているところは、潮の満ち引きによって海水に浸かるので、陸の植物は根を張って生きることができなくなる。そこで、海水でだけ生えることができる木が生息する……。その状態をマングローブというのだ。

そういう木々の間を、カヌーでゆるゆると漕いでいくのである。

うねうねと空をめざす木たち。何にも音がしない。向こうにいるらしい、鳥の鳴き声だけが聞こえてくる。天気が悪ければ、不気味な感じさえするかもしれない。

とても日本とは思えない。どこかで突然、裸族が火を焚いていても不思議じゃないと思えてくるほどだ。

由布島行きはあんなにおばちゃんが佃煮状態だったのに、マングローブツアーはぼくと津田くん、ガイドさんの三人。たった三艘のカヌーが行くのだ。

さすがにおばちゃんたちは、カヌーを自分で漕がないからだろうか。

河口部分は四十メートルくらいあった川幅が、上っていくにしたがって、だんだん狭くなっていく。

川幅が五、六メートルになったとき、ぼくはガイドさんに、ふとたずねた。

「今日は、ぼくらだけですか」

「いや、一台だけ、一艘だけ出ています」

するとマングローブの林のなかから、いきなりザアーッと、二人乗りのカヌーが現れた。前にいるのは、佃煮からはぐれたおばちゃんが一人。漕がずに、オールを置いて、ただ座っているだけ。

普通、カヌーは一人で足を伸ばして、漕ぎながら乗るものだが、おばちゃんは人に漕いでもらっているので、なんと正座していたのだった。

後ろにいるガイドさんが、一人で懸命に漕いでいる。

すれ違うとき、挨拶した。

「こんにちは」

「こんにちは」

しかし、ぼくはくすくすっと一人で笑ってしまった。

「どうしたんですか？」

津田くんが、けったいな顔をして聞いた。

「いや、なんか、オレにはあのおばちゃんが『高瀬舟』みたいに見えてん」

「……？」

津田くんは、まだ腑に落ちない顔だ。知的ギャグ過ぎたか。

森鴎外の『高瀬舟』である。おばちゃんは、処刑されるんちゃうか、と、思えてしまったのだった。

西表島は人口、約二千人。

街を離れて住む人も多いのだという。

最近、タイやインドネシア、オーストラリアといったところに、リタイア後の生活を求めて住む人はいるけれど、それは、自分の資産をその国の銀行に預けることが条件だったりする。タイは貯金を二百数十万入れれば永住できるので、年間、何千人かの日本人を受け入れているようだ。

ところが、それはやはり、年齢的な条件が必要だ。五十歳以上とか、五十五歳以上とか。若い人は、その年齢制限に合わなくて、でも街から離れたくて、離島に来るという人も多いらしいのだ。

もともと、都会の人なのに、離島に住もうという人たち。Uターンではなく、Iターン、というやつである。

「何人ぐらいいるんでしょうね」

ガイドさんは、かぶりを振った。

「さあ。わかりません」

「何年ぐらいでギブアップするのかな」

「それも、正確にデータを取ったことはありませんけれど、多くの人がギブアップしますね」

ガイドさんは、マングローブに激突しないように漕ぎながら、言った。

「夢が多い人ほど、ギブアップしますね」。

彼は、ある観光会社の話をしてくれた。「西表島に骨をうずめよう」と、その観光会社に就職する人がやってくる。そこでは、給料袋を渡すときに、その月の社内新聞をいっしょにくれるのだそうで、その月に入社した新入社員の紹介記事が載っているらしい。

「顔写真が載っていて、自己紹介してあるんですよ。『ぼくはこの島でこんなことがしたい、あんなことがしたい』って。釣りがしたいとか、海に潜りたいとか、森をこんなふうに歩きたいとか……。その文章が長ければ長いほど、早く帰ってしまうんです。あまりにも大きな夢をもってきた人は、帰ってしまうんです」

ぼくは、考えた。そうやって、夢をもって、この島に来る人のことを。それまでの人生を。

「ああ。でも、それは逆に言うと、普通の人、ですよね」

ガイドさんは、深くうなずいた。

「そうです。普通の人です」

三十七歳のガイドさんは、五年前に、初めて沖縄に来たという人だった。東京にいるときに「西表島でガイド募集」というのを見つけて、書類を送って、面接もなく、電話での会話だけで採用が決まったらしい。

「断崖絶壁の島だと思っていました」

ところが、そこはそんな島ではなかった。確かに断崖絶壁の島は南大東島《みなみだいとう》という別の島で、船の上げ下ろしはクレーンでするようなところなのだ。

だが、彼はそんなことすら知らなかったからこそ、五年間もそこにいられたのだろう。断崖絶壁の島に比べれば、観光化の進んだ西表島は天国だ。

ただ夢をもちすぎて西表へ行くと、何もないことに気づく。

「西表島温泉」というスーパー銭湯の大きいやつみたいなところで働いていたのは、関西の女の子だった。

すっごいきれいな子だった。大阪にいても、ばっちりきれいだと思った。

「君はいつ来たん？」

「来たばっかりです」

「すぐ帰るやろ」

「絶対帰りませんよ」

「みんな帰るんや。そんなん言いながら」

ぼくは、そう確信しながら言った。こんなきれいな子が、ここにいる必要がない、と思ったからだ。

西表島温泉は、かなり島の奥にある。その何キロも手前に寮があって、人の多い村まではまたかなり離れていた。寮と職場の行き来だけで、この子らの生活は成り立っていた。休みの日は、海に行くくらいのものなのだろう。

二十歳くらいで、そんな生活が、本当に楽しいものだろうか。

石垣島へ行ったとき、居酒屋で働いている女の子に、やっぱりたずねた。

「君はなんで来たん？」

「小学校のときからの夢だったんです。南の島に住むのが。だから、高校を卒業してこの島へ来たんです」

「どれくらいいるの？」

「卒業式から、まだ二か月です」

「帰るなあ」

「帰りませんよ」

ぼくは、その子は帰らないかもしれないと思った。めちゃめちゃブサイクだったからだ。女の子が少ないこの島では、ブサイクでも大事にされる。

ぼくは、この島に移り住んだ若い人を見るたびに、幸せってなんやろう、とまた考える。平平凡凡と、何もなく毎日が過ぎていくことを、幸せというのだろうか、と。

人とのいさかいも、いがみあいも、いやなこともないとは思う。でも、気持ちいい刺激もない。何かをがんばって得る喜びもない。

それでもいい、という人もいるのだという事実。

「帰らんかったオレたち、ある種みんな変人ですよ」

三十七歳のガイドのにいちゃんが、ぽつんと言った。

ぼくは、わかるようなわからないような気持ちで、うなずくしかなかった。

第5章　そしてまた、ぼくは恋する夢を見る

はじめての恋、それなりの恋

車で旅行すると、行くときの道は、長く感じる。帰るときの道は、早く感じる。初めて見る景色はドキドキして新鮮で、すべてが自分に入ってきて、ひとつずつわかろうとして、心が動く。その時間を、長く感じる。でも、前に見た風景を、もう一度見たときの心はクールダウンしている。もう興味をもって細かく見ようとしない。だから、時間が早く過ぎるみたいに感じるのだろう。

それは人生を生きていくのと同じ。

中学に通っていた頃の一年間は、気が狂いそうなほど長かった。三十代、四十代、五十代と、時間が経つのはどんどん早くなっていく。中学や高校のときの一年間は、たぶん、今のぼくの五年分くらいの時間感覚だった。

あれはなんだったんだろう。ドライブのときを思い出そう。毎日毎日が、初めての道だったのだ。真新しいことに出合い、毎日、毎日、感じて生きていたのだ。起こることすべてが新鮮だった。経験がないことばかりだったからだ。

でもぼくは、もはやいっぱい風景を見てしまった。今は、過去を見ながら、考えながら、それでもあっという間に時間が過ぎる。生きていく毎日が過ぎる。風景が過ぎる。

二十三歳のとき、初めて沖縄に行った。

絵の具のままのようなブルーの海。どこまでも透明な海。ひと目で大好きになった。心が震えた。

感動した。

それから、ぼくは沖縄に夢中になって、今までに五十回くらい沖縄へ行った。そうすると、今はあんまり感動しなくなった。

いろんなよさを知って、楽しさを十分味わって、汚いところも見て、哀しいところも見て、たくさん経験してしまったから。

それは恋愛と同じ。

たとえば、今ぼくが誰かを好きになっても、昔みたいに夢中にはならない。

夢中になりそうな場面になったとしても、こう思ってしまうのだ。……あのときのほうがきれいやったな。あのときの夕焼けには勝てんよな……。

自分の今までの経験と、比較してしまうのだ。

だから、恋愛はときめきが少なく、短いものになってしまう。深くはまり込んで、長い時間を過ごすことは、もうないのかもしれない。

このあいだ「キスイヤ」の収録をしていて、ぼく自身にとってだけの、ちょっとした事件があった。

単に大好きどうしな、高校生のカップルが出ていた。

この番組には、ちょっと信じられないような二股三股女とか、別れたいことを言い出せないまま付き合っていてここで告白してしまおうという男とか、いろんなカップルが出てくる。でも、この二人は、珍しく、なんでもない「ただ大好き」な二人だった。

なんでもない話。お祭りで出会って、付き合っているという。

ぼくも普通にインタビューしていたのだが、突然、しゃれにならん、と思うくらい、涙が出てきたのだ。

……今、泣いたらおかしいやろう……。

心のなかで、客観的にぼくを見ているぼくが、そうたしなめた。本当だ。今泣いたら、お客も視聴者も、ぼくがなんで泣いているのかまったくわからない。番組として意味がない。意味がわからんやろう。気持ち悪いだけである。

いっしょに司会している熊谷真実さんも、「ちょっとどうしたの?」という顔をしている。

ぼくは必死にこらえていた。

その涙の理由は、彼らの当たり前な恋が、ぼくの「初めての沖縄」と同じだと思ったからだ。

この高校生たちは、お互い、初めて付き合った。初めての沖縄旅行でぼくが、なんでもない東シナ海を見ながら「きれい、きれい」ってはしゃぎ回った気持ちと同じなのだ。

今のぼくからすれば、「海の色はもっと澄んだ色になるで」「雲の形がいまいちやな」「これは沖縄の夕焼けにしては、たいしたことはないで」という景色のひとつひとつが、真っ白な心で、初めての恋をする彼らには心ふるえる景色なのだ。

彼らにインタビューしながら、ぼくは、沖縄の夕暮れの景色に、今、感動している彼らから、ちょっと離れたところで、同じ夕暮れを見ながら、感動していないんだ。

ぼくは人生のなかで、もう、彼らと同じ夕暮れを見ることはない。こんなに目を輝かせて、人を好きになってしゃべることはないんや。

そう思うと、涙が出てきたのだった。

ほんまに哀しくなって、せつなくなった。

ぼくは今、誰かを好きになっても「それなりの沖縄」でしかないんやろうな、と。

今、ぼくの周りにはきれいな女の子がいっぱいいる。

もしぼくが二十歳だったら、そんな彼女たちと恋をしたら、はしゃぎ回って、すでに結婚していたとしても、離婚してしまったかもしれない。

それを、二十歳で突然カウンチャベイに行ったり、突然ブセナに行ったりするようなものとたとえよう。

なんべんも沖縄に行って四十代も半ばかというぼくは、カウンチャベイに行ってももう「こんなもんちゃう」と思うのである。

十代の頃は、女の子から電話がかかってくるだけで、胸がキュッと痛かったものである。

中学のとき、ご飯を食べていて、女の子がなんか用事を作って家を訪ねて来ただけで、キュッとなって、おかんに「ご飯、食べてから行きいな」と言われても、「ちょっと待ってくれ」と出ていって、家の前の公園で、二時間半くらい、飯のことも忘れて、しゃべっていた。

何をしゃべっていたんだろう。寒いのも忘れて。

胸がキュー!っと痛くなりながら。

でも、そのキューっとなるのは、二十歳くらいで終わってしまった。

今度、胸がキューっとなったら、もうそれは……心不全だと思う。

風は見ていた

二十六歳くらいのとき、初めてサイパンへ行った。

そのとき、胡散臭いおっさんに出会った。タクシーの運転手をしている日本人だった。

「結婚してるんですか」

ぼくがたずねると、誰に答えているのかわからないようなのんき気な声で、答えた。

「結婚してますよ。子どももいるんですよ、日本に」

そう言われると、もっと聞きたくなる。さほど商売にもならない、何があるわけでもないこの場所で、いったいなんで一人きりなのだ。

「なんで奥さんも子どもも日本にいるのに、日本に帰らないんですか」

おっさんは、鼻歌をうたうように言った。

「……だって、海がきれいじゃない」

う、とぼくは言葉に詰まった。言葉は、かっこよすぎる。それ以上、何も言うな、という感じだ。しかし、おっさんのあまりの胡散臭さに、ぼくは根掘り葉掘り、聞かずにはいられなくなってしまったのだった。

いろいろ聞いていくと、どうも辻褄が合わない。

おっさんはとうとう、白状した。

「借金があって、帰れない」と。

沖縄に行くと、ぼくも、借金はないけれど、言いたくなる。

「……だって海がきれいじゃない」と。

いっぺん「もう飽きた、帰るわッ」と言うまで、沖縄にいたいというのが、ぼくの夢だ。今まで、いろんな友だちを誘って、あるいは家族で行った沖縄だったけれど、今のぼくは、沖縄へ一人で行きたいと思っている。

「無理ですよ、紳助さん。一人なんて、寂しがりのくせに」

周囲の仲間はそう言って笑うが、寂しがりのぼくなりに、寂しくない場所を見つけた。民宿である。

民宿なら、おっちゃんやおばちゃんがいる。ちょっとくらいは会話できるし、ご飯も作ってくれる。

「紳助さん、昼、どうすんの?」

「今日は、いらんわあ」

そんな会話をしながら、車で気にいった場所へ行って昼寝して、本を読んで、写真を撮って、暮れる前に民宿へ戻って、気が向いたら絵を描いて、ビールを飲んで、眠たくなったら寝て。

昼は八重山ソバを食べたからと、夜は民宿のご飯を食べながら、泊まっているお客さんとしゃべったりして。

また、絵の続きを少しやって、寝る。

……そんな、なんでもない一日を、ずーっと何日送れるか、やってみたいのだ。

漠然と、五十五歳になったら、なんて思っている。

それまでは前向きに働いて、五十五歳になった瞬間に、レギュラーを四本にする。

レギュラー番組が週に四本ということは、一日に二本撮りをするとして、四日働いて十日休み、というスケジュールになる。

十日休み。一人民宿にいるには、ちょうどいいのである。

「おいちゃん、いっぺん東京戻って、またもういっぺん来るわ、来週」

そうやって東京へ働きに行くのである。

その話を嫁にした。

「ええやん。この夏からやったら？　毎週行きいな」

そう言われた。もう向こうにおねえちゃんがいるとも思われていないらしい。

そう、おねえちゃんがいてはいけないのである。

ぼくのかたわらには、絵の具と、オリオンビールがあればよいのだ。

毎週ではないが、けっこう沖縄へは行っている。

このあいだも、一人で石垣島の夕方、何にもない海辺を走っていた。

白い灯台がひとつだけ。ベンチがあって、そこに座って、ずうっと、暮れかかる海を見ていた。

そこへおっちゃんがやってきた。

「紳助さんですか？」

「そうですよ」

「なんでこんなところにいるんですか。仕事ですか」

「いいえ、違います」

「何してるんですか」

「……海がきれいじゃないですか」


「ルート24」という、石垣島の海沿いにある喫茶店のおばちゃんともしゃべっていた。

おばちゃんには子ども二人と旦那さんがいるけど、今日は旦那さんはいないという。

「ここらへんに民宿はないの」

「紳助さん、うちに泊まってええよ」

「小学生の子どもがおったらあかんわ」

そう書くと、映画のなかのセリフのようである。

しかし、おばちゃんはややキャスティングしにくいのであった。


ぼくは、映画のような旅の夢想をする。

……ある小さな島。そこで偶然入った喫茶店で、お世話になることになった。

小学校の子どもが学校へ行って、昼間だから旦那さんもいない。ぼくは、お世話になるばっかりではいけないからと、店を手伝う。

めったに来ないお客さんが帰った後に、片付けようとカップに手を伸ばした瞬間、手と手が触れて、どちらからともなく、奥さんとキスしてしまう。

夏の思い出。

「ぼくは一生、このことは、誰にも話さないよ」

「……私も」

誰も見ていないと思っていたけど、風は見ていた。

……タイトル「風は見ていた」。

その風も、やがて南へと去っていく。

ぼくは居心地が悪くなって、違う島の民宿に行くのだ。

島を出て、西表島あたりまで行く。

「うわあ、誰もおらんなあ」

やっとのことで民宿を見つけ、そこで絵を描いたりして、また日がな一日過ごし、三日目が過ぎた頃、一人の女のコが民宿を訪ねてくる。

　きれいなコだ。

「どこから来たんですか」

「千葉からです」

「へーえ、どうして？」

「会社を辞めて……」

　何か、訳があるようだ。でも、それ以上は、ここでは聞いてはいけないとぼくは思う。

「いつまでいるんですか？」

「決めてません」

　やがてぼくは、たまには彼女と誘い合って海を見に行ったり、そこで何を話すというわけでもなく、本を読んだり、やっぱり絵を描いたりしている。

　ある日、絵を描いていて、ふと気づくのだ。海の絵を描いていたのに、知らず知らずのうちに、そこに立っている彼女を描いていることに。

　彼女はぼくをのぞき込んで、たずねる。

「これ、私ですか」

ストレートのさらさらした髪の毛を押さえて、ほほ笑んで。

ぼくは照れながら言う。

「知らない間に、君を描いていたね」

ある日の朝、彼女はぼくに言う。

「明日、千葉へ帰ることにしました」

ぼくは、彼女がもう一度新しく生き始めようと思うようになってくれたことをうれしいと思いながらも、別れることに心が痛む。

「もう一度、海を見に行こう」

最後の夜。二人で、石垣島の海を見る。

波の音を聞きながら、そこでキスする。

唇を離して、周りを見たら、真っ赤なブーゲンビリアが一面に咲いていた。

……タイトル「ブーゲンビリアは見ていた」。

「さっきから君の顔ばかり見ていたから、ぼくは周りにどんなふうに木が生えて、どんな景色なのか、全然気がつかなかったよ」

……ああ、作り話である。

こういう旅をしたいという、ぼくの夢想である。

そんな旅を五十五歳から六十歳まで続けて、ぼくは自分の住む最後の場所、死ぬ場所を決めるのだ。

若いときは「どこで生きよう」と思ったものだ。京都から大阪へ行って「この街で生きよう」とは思ったが、今度六十歳になったら「どこで死のう」なのである。

それは南の島のどこか、八重山のどこかの島ではないかと思う。

六十歳になったら、そこに小さな家を建てる。そして、喫茶店をやる。でも、客は入れない。誰も入れない喫茶店なのだ。

そこに来ることができるのは、ぼくが昔付き合った女のコだけなのだ。

六十二、三になった頃、彼女が訪ねてくるのである。

「君にコーヒーを入れるために、三年前から、ぼくは苦手なコーヒーを練習した。そして、やっとおいしいコーヒーを入れられるようになったよ」

二人で夕方、椅子を出して、パラソルの下で夕日を見ながら、コーヒーを飲むのだ。

「あれからずいぶん経ったね」

「もう三十年以上かな」

「あの頃は……大好きやったなあ」

「私も……好きでした」

海がきらきらしているのを、ぼくらは目を細めて見る。そのおねえちゃんは、おばあちゃんになりかけているし、ぼくは髪の毛真っ白で、後ろでくくってるおじいちゃんである。

ここまでのストーリーはまた夢想であるが、ぼくは、本気で女のコに言ってある。

「ぼくが年をとって、君が年をとって、子どもが生まれて、大きくなって、沖縄へ君が旦那さんと子どもと来たときに、旦那さんに言うねんで。『知り合いがいるから、ちょっとだけ行ってくる』って。ほんで、レンタカーで、オレを探して来い。海岸で、熱いコーヒーを淹れるから、一時間だけ、昔話をしよう」

一晩とは言わない。もう年だから、一時間でいいのである。

そんな夢想ばかりしている。

若者も、やってくるだろう。

「紳助さん、生活費、どうしてるんですか」

「大阪にビルがあって、家賃が入ってるみたいやから、嫁は大丈夫やろう。でも、オレには関係ないねん。月十万あったら暮らせるから。気がついたんや。毎月ありあまるぐらいのお金をもろうて大阪の南港の汚い海を見るよりも、毎月十万でこの青い海を見ているほうがいい、って。……君もそう思うやろ」

夕日を見て、泡盛を飲みながら、ぼくはどんどんウソっぽいことを言うのだろう。

ギターならぬ、サンシン(三線)をもって、さもここで生まれたような歌を歌うのだろう。

そして、若者はぼくを「胡散臭い」と言うのである。

……その頃のぼくの芸名は、与那嶺になっているかもしれない。

春夏秋冬

人生には、春夏秋冬があると思う。

そして、季節と季節のはざまに、春でも夏でも秋でも冬でもない季節があるように、人生にも、そんな変わり目の名前のない季節がある。

そのとき、風の吹く方向が、変わる。

少年期は、春だった。

生まれてくるとき、ぼくらはみんなふきのとうのように、土の中から雪解けとともに生まれてくるのだ。

小学校ぐらいまでは、柔らかい陽射しのなかで生きていたような気がするではないか。

激しく悲しむこともなく、激しく喜ぶこともない。成績がよくなくったって、そんなにへこむようなこともなかった。
親だけでなく、誰にということもなく守られていていた。
陽射しが、柔らかかった。

中学に入るくらいから、暑くなってきた。
夏が近いな、って。
高校一年生の夏休みとともに、人生の夏休みが始まった。
そしてそれは、三十四歳ぐらいまで続いた。
十八年ぐらい、夏休みがあったことになる。
でも、終わっていたことには、気がついていなかった。
四十八歳。
夏休みは、とっくに終わっていたのだ。

昨日の晩、松沢一之《まつざわかずゆき》という、オレと同い年の役者と、仕事の後でテレビを見ていた。
タレントどうしがデートをする「恋するハニカミ！」という番組だ。

若い女優と男優がデートをして、ボートに乗ってじゃれあったり、プレゼントを買ったりしていた。

それを、四十代半ばの男二人が、ジーッと見ながら、深ーく落ち込んでいったのだった。

「なあ、これが若もんや。若もんのデートや。このときめきや。こんなことあったよ、オレたちにも……」

「……そうだよなあ」

そして十一時半。番組を見終わった瞬間、ぼくは言った。

「オレたちの夏休みは、ずいぶん前に終わっていたんだ！」

松沢と、昔話になった。

「おまえ、一回目を離婚したとき、一人住まいで汚かったなあ……。オレ、コップとか使うのん気持ち悪うて、紙コップから箸から何もかも買《こ》うて、遊びに行ったん、覚えてるわ」

「コップぐらいあるって、言ってるのに」

「あれ、何年前？」

「オレ、また結婚して、もう十年だから、たぶん、十一、二年前ってことだ」

それを聞いて、ぼくはびっくりした。本当に、ついこのあいだのような気がしたからだ。

「十二年経ったんか。ついこのあいだやないか。エーッ、十二年も……。おまえ、今から十二年たったら、六十歳……もう三学期も終わって、卒業式やないか」

今のぼくらは、二学期の終わりかもしれない。

気がついたら、夏休みは終わっていたのだ。


ぼくの周囲で働く有能な女性たちには、四十代で独身、という人も何人かいる。

毎晩飲み歩いて、遊び歩いているのを見ていると、可愛そうになってくる。彼女たちは、そうしなければならないのだ。

なぜなら、女でいうと、もう十一月なのだが、半袖を着て、夏休みのふりをしているのだ。つらいのである。周囲はもう、長袖なのに。

そう言うと、スタイリストは猛反論した。

「ほんなら松田聖子はどうなりますのん？　あの人は半袖どころか、ノースリーブの勢いですやん」

ぼくは答えた。

「あのな。あの人らはお金持ちで、家の中はセントラルヒーティングやから、エエねん」

さあ二学期、何をしようかと思う。

夏休みには恋したし、海へも行った。

ぼくもそろそろ長袖を着て、陶芸部にでも入ろうか。


ぼくは、人生を楽しんできたと思う。

「そんなこと言って紳ちゃん、楽しいことばっかりじゃないか。好きなことして」

松沢が言った。

そうだ、幸せだ。でも幸せ過ぎて、幸せを感じなくなるのだ。

普通の人生の何倍も楽しんで、生き急ぐほどいろんなことをしてきたけど、それでも、もしドラエもんの「どこでもドア」があったら、戻って、いろんなことをチェックしたいのだ。

まず、高校のときのオレに会いに行って、小遣いをやりたい。

「親に言うなよ」

そう言って、百万円渡してやりたい。

「ちょびちょび遣えよ」

高校生のオレは、うなずくだろうか。喜ぶだろうか。

金で、何を買うのだろうか。

二十代のとき、サインを求められて「何か書いてください」と言われると、「激しく倒れろ」と書いていた。好きだったノンフィクション作家の沢木耕太郎さんの言葉をパクッたのだった。

ビビッてどうすんのや。前向きに倒れろと。それも、坂本竜馬みたいにばたっとは倒れないぞと。

何かにぶつかって、ババーッ、ガーン、と激しい音が聞こえるような倒れ方をしたるぞと。そう思って、前向きに生きてきた。

映画をつくった三十代の中頃は、映画でBOROが、ぼくの話を聞いてつくってくれた歌のなかの詞で、こんな言葉を書いていた。

「スニーカーのまま年老いてしまう、アスファルトを蹴りながら」

いつまでもスニーカーを履いていようと思ったのだ。スニーカーを履いて、オレは生きていくんやと。四十代、五十代でも、それでエエやないかと。

それは逆に、老いていくことを、ちょっと不安に思っていたのかもしれない。

四十代になった今、ぼくは、こう書く。

「夢中で生きる　まさに夢のなか」

夢中で生きるって、まさに字のごとくやなと。生きることすべてが、夢の中なのだ。

二十一から二十五歳くらいまでは、まさにそんな感じだった。地に足がついていなくて。

一瞬一瞬が、なんのこっちゃ、ようわからんかったし。判断力もなかった。

夢中だった。今までの生活にないものばかりが現れて、夢を見ているような四年間だった。

なぜ今、そう書くのだろう。

すべてが新しい日々を、もう一度ほしいからか。

いや、そんなことは、もうありえないからか。

激しく夢を追いかけた夏は終わった。

でも、次の一秒からが、秋なのではない。

あいまいな時間が、流れて、気がつくと、秋になっているのだ。
夏の残像だけが、今、胸にある。

紳助アフォリズム集

いつか、ノートに書いていた言葉

思いついてはノートに落書きしていた言葉が、こんなに集まりました。
友だちが悩んでいるとき、メールで送ると喜ばれるので、ここにも書いておきます。

ヒマつぶし

人生は、ヒマつぶしである。
やがて終わりが来るまでのヒマつぶし。
別に目的などないのである。
むずかしく考えるな。
いいヒマつぶしをすればいい。

壁

人の話をよく聴く人間は、なかなか出発できない。
人の話をよく聴く人間は、壁にあたる。
しかし、まず、壁まで行かなければ。

恋愛

恋は、人を好きになったときに始まっている。
うまくいったか、いかなかったかは、単なる結果である。
恋愛は二人称ではなく、一人称である。

感動する方法

感動は、自分がものごとに費やした分だけ返ってくる。
まるでこつこつ貯めた貯金のように、たくさんの金利をつけて。

本物は

ニセモノ。

ニセモノは多くを語り、相手に自分の偉大さを伝えようとする。

本物。

本物は語らず、行動で本物であることを伝える。

知識

学校で必要なものは知識であって、
生きるのに必要なものは知恵である。
大人になって知識を身につけるのは、意識して生きること。
意識は、知識となるのである。

困難

時代が悪いと言うな。
同じ向かい風であっても、ヨットは風上にも風下にも進む。
しかし困難ではあるが、最大限風上四十五度になって進むことはできるのだ。

偉い人

人は偉くなったとき、
その地位、立場で行動することが素晴らしいのか。
いつまでも自分らしく行動するのが素晴らしいのか。
両方をうまく使い分ける人こそ、人間として偉大なのである。

苦しみは

苦しみは続かない。

苦しいこと、つらいことがあっても、それはいつまでも続くはずがない。

もし続いたとしても、その苦痛に少しは慣れ、心が楽になるはず。

そして、普通に喜びをもてるはずである。

友と金

友に金を貸すな。
友に借金を申し込まれても、貸してはいけない。
貸すと友も金も失ってしまう。

環境

環境のせいにするな。

うまくいかなかったことを、環境やまわりの人のせいにする人は、幸せになれない。

たえず自己反省し、前を向いて生きていきなさい。

クリアする人生

人生はゲームである。
「プレステ」と同じように、人生はゲームで、
簡単にクリアする人生はつまらない。
あえて複雑な道を選び、それを乗り越えたとき、
人は生きている喜びを感じるものである。

結果

人は成功した人を見て「だからあの人は成功した」と言う。
失敗した人を見て「だからあの人は失敗した」と言う。
でも、一人の人間には、いいところも悪いところもある。
だから、どちらも、結果を残した人間にだけ、評価が与えられるのだ。
だから、結果を残さなくてはならない。
結果を残し、成功した人のみが、人に人生を語る資格をもつ。

老後

人は年をとる。
人は、残念ながら年をとる。
しかし、二十歳が三十年も続いたら、飽きてしまうだろう。
老人になることすら、初めての老人のステージとして、
楽しんで生きるべきである。

プラマイゼロ

人は、寒いと感じたり、暑いと感じたり、すべてにおいて、何かを感じる。

プラスばかりの人生はありえない。

百平方メートルの家に住み、次に八十平方メートルの家に住めば、広いはずの八十平方メートルすら狭いと苦痛に感じる。

したがって、どんな人間でも、心で感じた喜びはプラマイゼロ。

プラスマイナス、ゼロである。

しかし、プラスのまま、人生を終える人もいる。

それは、マイナスをプラスに感じ取ろうとした人たちである。

うまいと感じる心

世の中に、うまい水なんか存在しない。
うまいと感じる心や体をつくること。
うまいと感じる状態であり続けることである。
仕事で汗を流したあとのビールも、銘柄などどうでもよい。
なんでもうまい。
幸せと感じる心。そして、幸せやうまいと感じる体をつくり続けることである。

心を動かす

両手両足は動く。
人は、右手を動かそうと思えば、右手が動く。
左手を動かそうと思えば、左手が動く。
しかし、自分の心だけは自由に動かない。
もし、自由に動いたとすれば、悲しみを軽くできるし、
殺伐さをやわらげることすらできる。
少しずつ、心を動かす訓練をしよう。
そして、少しずつ苦しみをやわらげ、
幸せへの道を切り開いていくべきである。

楽しいこと

楽しいというものは、あとになってわかるもの。
そのときは苦しいことでも、
時間がたてば、
ワインのようにまろやかな楽しい思い出になるものである。

神の居場所

神は、心のなかにある。
仏壇のなかの仏様は、職人がつくったものであり、単なる木である。
仏壇の花は、仏様に裏側を見せている。
拝む人に向かって、花を供えている。
拝む人の心に、まさに神があり、仏がある。
手を合わせたときに、極楽がある。

墓参りは儀式である

仏壇、お墓に手を合わせる。
先祖に自分自身の決意を語ることができる。
……これは、儀式である。
穏やかなときにしか、人は墓参りに行こうと思わない。
穏やかなときに墓参りに行き、手を合わせ、
合わせた瞬間、己の心のなかに極楽が生まれる。
その極楽に対して、
今、これから自分はこう生きる、という決意を語る瞬間である。

自分

鏡のなかの自分を見つめられますか。
自分自身と向き合える人。
ダメなときの自分の顔を鏡で見られる人は、本当に強い人である。
自分がいちばん弱ったとき、鏡を見、その鏡の自分に対して、
明日から強く生きる決意を示す。

ことだま

言葉には、魂がある。
言葉にはよく魂があると言われるが、
人が発する言葉には、確かに魂がある。
自分が発する言葉は、やがて自分が発した方向へ導く。
したがって、マイナスの言葉を発するよりも、
前向きな言葉を発するようにして、生きていかねばならない。

友とは

友とは、助け合うものではなく、
お互いに余暇を楽しむためのものである。

おわりに

テレビを見てくれているからといって、ぼくのファンだとは限りません。

……タダですしね。

でも、本は違います。本屋に行って、お金を払って、自分で読まなくてはいけません。

だから、本を買ってくれた人は、ぼくのファンだと思います。

ぼくから見ると、信頼できる人で、仲間なのです。

ねえ、仲間のみんな。

無理かもしれないけれど、いつか、南の島で、語り合える場所を作りたい。

作ったら来てな。

約束やで！

島田紳助

装画　渡辺鉄平
装幀　山館　徹
本文デザイン　山館尚子
構成　森　綾

島田紳助（しまだ　しんすけ）

1956年京都市生まれ。

1977年、松本竜助とコンビを組んで、京都・花月でデビュー。

現在、「行列のできる法律事務所」「クイズ！ヘキサゴン」「キスイヤ」「開運！なんでも鑑定団」などレギュラー多数。

著書に『風よ、鈴鹿へ』（小学館）『いつも心に紳助を』（毎日新聞社）『えせ田舎暮らし』『ぼくの生きかた』（ＫＴＣ中央出版）『知識ゼロからの金儲け』（幻冬舎）など。

夫人と三人の娘の五人家族。

いつも風を感じて

2004年11月9日　初版第1刷発行

著　者　島田紳助
発行人　前田哲次
発行所　ＫＴＣ中央出版
〒460-0008　名古屋市中区栄1-22-16
振替 00850-6-33318　TEL 052-203-0555
〒102-0074　東京都千代田区九段南 4-3-13
TEL 03-5216-1255
印刷所　図書印刷株式会社

JASRAC出0413211-401

ISBN4-87758-335-1　C0095